HEYNE
BÜCHER

Von Barbara Cartland
sind als Heyne-Taschenbücher erschienen:

Duell der Herzen · Band 01/6225
Das Schloß der Liebe · Band 01/6259
Flucht vor der Liebe · Band 01/6318
Träume werden Wirklichkeit · Band 01/6353
Die Vollendung der Liebe · Band 01/6404
Das gestohlene Herz · Band 01/6441
Ein Liebeslied · Band 01/6451
Dämmerung der Liebe · Band 01/6488
Rhapsodie der Liebe · Band 01/6549
Ein widerspenstiger Engel · Band 01/6585
Im Sog der Leidenschaft · Band 01/6604
Anschlag auf die Liebe · Band 01/6714
Der böse Marquis · Band 01/6770
Prinzessin zwischen Thron und Liebe · Band 01/6869
Wende des Schicksals · Band 01/6961
Mit den Waffen der Liebe · Band 01/7657
Rache des Herzens · Band 01/7759
Die Liebe siegt · Band 01/7901
Irrweg der Liebe · Band 01/7970
Lohn der Liebe · Band 01/8050
Dieb des Herzens · Band 04/3
Das gestohlene Herz/Träume werden Wirklichkeit/
Flucht vor der Liebe · Band 23/15
Das Schloß der Liebe/Ein widerspenstiger Engel/
Duell der Herzen · Band 23/55
Dornen der Liebe · Band 01/8133
Stunden des Glücks · Band 04/53
Rosen der Liebe · Band 01/8244

BARBARA CARTLAND

HÖHENFLUG DER LIEBE

Roman

Deutsche Erstausgabe

WILHELM HEYNE VERLAG
MÜNCHEN

HEYNE ALLGEMEINE REIHE
Nr. 01/8409

Titel der Originalausgabe
LISTENING TO LOVE
Aus dem Englischen übersetzt
von Iris Foerster

Redaktion: Rainer-Michael Rahn

Printed in Germany 1992
Umschlagillustration: Walter Wyler, Agentur Luserke, Friolzheim
Umschlaggestaltung: Atelier Ingrid Schütz, München
Gesamtherstellung: Elsnerdruck, Berlin

ISBN: 3-453-05624-8

1. Kapitel

1817

»Anthea! Anthea!«

Der Name hallte durch das alte Haus. Anthea sah gerade die alten Bettücher im Wäscheschrank durch und schreckte aus ihren Gedanken auf. Überrascht nahm sie wahr, daß ihr Bruder Harry sie rief.

Rasch legte sie das Leintuch beiseite und bedauerte, daß es zerschlissen war und nicht mehr benutzt werden konnte.

Es war aus feinem Leinen und kunstvoll mit den Monogrammen ihrer Eltern bestickt. Gehäkelte Spitzen faßten es ein. Aber Harry hatte es ruiniert, wie schon viele Bettücher zuvor. Anthea sagte sich, daß es sinnlos wäre, es zu flicken oder auszubessern.

»Anthea!« rief ihr Bruder wieder.

Nun klang seine Stimme noch ungeduldiger.

Als Anthea den oberen Absatz des alten, eichenen Treppenhauses erreichte, sah sie Harry unten in der Eingangshalle stehen. Seine Reitkleidung stand ihm vorzüglich.

Anthea lief zu ihm hinunter. Als sie vor ihm stand und seine sorgenvolle Miene sah, wußte sie sofort, daß etwas Unangenehmes geschehen war.

»Was ist passiert?« fragte sie.

»Meldosio hat sich die Hand verletzt. Er kann heute abend nicht spielen.«

»O nein, das darf nicht wahr sein!« rief Anthea.

»Leider ist es wahr. Was zum Teufel soll ich tun? Wo soll ich rasch einen Ersatz für ihn finden?«

Anthea holte tief Luft. Dann sagte sie: »Komm mit mir in den Salon. Ich hole dir etwas Kaltes zu trinken. Du regst dich zu sehr auf.«

»Natürlich rege ich mich auf! Hast du etwas anderes erwartet?«

Er sprach weiter, aber Anthea hörte ihm nicht mehr zu. Sie lief in die Speisekammer, wo sie einen Fruchtsaft vorbereitet hatte. Sie hoffte, er würde Harry schmecken. Außerdem war er gesünder als der Rotwein, den Harry sich im Grunde gar nicht leisten konnte.

Anthea nahm den Krug aus der Schüssel mit dem kalten Wasser, griff nach einem Glas und eilte in den Salon.

Es war ein großer, schöner Raum. Seine Zimmerdecke bestand aus alten Schiffsbalken, wie sie auch die meisten anderen Räume dieses alten Hauses besaßen, das in der Tudor-Zeit gebaut worden war.

Der Teppich war schäbig, aber die Bilder und einige französische Möbel waren sehr wertvoll.

Harry hatte sich in einen Sessel gesetzt.

Anthea schenkte ihm ein Glas Saft ein und reichte es ihm.

Er trank es kommentarlos aus, und da er tief in seine Gedanken versunken war, nahm er gar nicht wahr, was er getrunken hatte.

Anthea setzte sich auf das Sofa und sah ihren Bruder besorgt an, ehe sie sagte: »Bist du sicher, daß Meldosio heute abend nicht Klavier spielen kann?«

»Absolut! Er hat sich an der rechten Hand eine Schnittwunde zugezogen. Sie ist nun zweimal so dick wie normal und verbunden. Er kann unmöglich spielen.«

»Armer Mann! Es muß sehr schmerzhaft sein.«

»Es ist besonders schmerzlich für mich«, erwiderte Harry mürrisch. »Du bist dir doch im klaren darüber, daß ich dadurch meinen Posten als Verwalter verlieren kann?«

»Du siehst es zu schwarz«, widersprach Anthea. »Es ist nicht deine Schuld.«

»Aber es ist meine Schuld, wenn ich nicht alles so perfekt organisiere, wie es der Marquis wünscht«, antwortete Harry. »Das Einstellungsgespräch bei ihm war das Unerquicklichste, an was ich mich je erinnern kann. Er sagte mir wörtlich: ›Nehmen Sie zur Kenntnis, daß Sie alles, was ich wünsche, ohne lange Diskussionen und Widersprüche durchzuführen haben. Wenn Sie meinen Anforderungen nicht entsprechen, finde ich jederzeit einen Mann, der dazu in der Lage ist.‹«

Anthea hatte diese Worte schon mehrmals gehört, und sie hatte dabei gedacht, daß der Marquis of Eaglescliffe ein sehr unangenehmer Mensch sein mußte.

Inzwischen war sie sich darüber klar geworden, daß es für Harry eine Tragödie wäre, wenn er den Posten als Verwalter seines ehemaligen Besitztums verlieren würde.

Harry hatte nach gründlichen Überlegungen beschlossen, Queen's Hoo und das meiste dazu gehörende Land zu verkaufen, um die enormen Schulden seines Vaters bezahlen zu können.

Sein Freund, Charlie Torrington, hatte glücklicherweise verhältnismäßig rasch einen Käufer gefunden, der nicht nur bereit war, die geforderte astronomische Summe für Queen's Hoo zu bezahlen, sondern der auch Harry als Verwalter für das ganze Anwesen einstellte.

»Ich habe alles geregelt, alter Junge!« hatte er triumphierend gesagt, als er von London zurückgekehrt war und Harry die gute Nachricht überbrachte. »Eaglescliffe kommt am Mittwoch hierher, um das Haus zu besichtigen. Aber er ist schon nach der Beschreibung, die ich ihm gab, fest entschlossen, den Besitz zu kaufen.«

»Eaglescliffe? Der Marquis of Eaglescliffe?« rief Harry. »Warum um alles in der Welt will er Queen's Hoo kaufen? Sein eigenes Gut ist eines der großartigsten und berühmtesten im ganzen Land.«

»Da hast du vollkommen recht«, stimmte Harry zu. »Aber wie du weißt, liegt es in Oxfordshire. Er braucht selbst mit seinen besten Pferden einige Zeit, um von dort nach London zu kommen. Von Queen's Hoo erreicht er die Stadt in knapp einer Stunde.«

»Aber er besitzt doch auch ein Haus am Berkeley Square in London. Ich verstehe nicht, weshalb er hier wohnen will«, sagte Harry.

»Das ist keine Frage des Wohnens, mein Lieber«, erwiderte Charlie lachend. »Eaglescliffe braucht einen Platz, wo er mit seiner neuesten Liebschaft das Wochenende oder eine Nacht verbringen kann. Im Augenblick verehrt er Lottie Vernon, eine Ballettänzerin von Covent Garden. Du mußt mir zustimmen, daß er sie schlecht in Eaglescliffe Castle einquartieren kann.«

Harry sagte ärgerlich: »Ich bin ganz und gar nicht sicher, ob ich damit einverstanden bin, daß unser Haus in eine Art Luxusbordell umfunktioniert wird.«

Charlie hob beschwichtigend die Hände.

»Mein lieber Harry, du kannst es dir nicht leisten, wählerisch zu sein. Du weißt genau, daß die Summe, die der Marquis zu zahlen bereit ist, die gesamten Schulden deines Vaters abdeckt und dazu noch die Rente der alten Dienstboten, die dir während der letzten Monate eine so große Hilfe gewesen waren. Darüber hinaus bleibt dir selbst noch ein größerer Betrag, der dich und deine Schwester gut ernährt. Wenn du sein Angebot annimmst, wird es dir in der Tat sehr gut gehen.«

»Sein Angebot? Was für ein Angebot?« fragte Harry.

»Nimm es mir nicht übel, alter Junge, aber ich habe auch an dich gedacht«, erwiderte Charlie. »Ich weiß, wie sehr es dir zuwider wäre, wenn ein Fremder das Besitztum verwalten würde und es vernachlässigte.«

Die Miene seines Freundes sagte ihm, daß er den Nagel auf den Kopf getroffen hatte.

»Der Marquis bat mich, für ihn einen Verwalter zu suchen«, fuhr Charlie fort. »Er dachte an einen Mann aus der Gegend.«

Harry hörte aufmerksam zu. Er setzte sich aufrecht hin und sah seinen Freund erstaunt an, als dieser fortfuhr: »Ich erklärte dem Marquis, daß ich genau den richtigen Mann für ihn habe: tüchtig, intelligent, rechtschaffen und vertrauenswürdig. Sein Name ist Dalton.«

»Dalton!« rief Harry.

»Ja, das bist du! Sei vernünftig, Harry! Ich habe alles für dich geregelt, und es hat mich viel Zeit gekostet, das kann ich dir versichern. Nun erwarte ich von dir, daß du mir dankbar bist.«

»Das bin ich auch. Du weißt genau, daß ich es bin, Charlie. Aber ich begreife nicht, warum du das für mich getan hast.«

»Weil ich endlich meine Schuld begleichen will, in der ich seit Waterloo bei dir stehe. Damals hast du mir das Leben gerettet«, antwortete Charlie.

»Nicht der Rede wert!« rief Harry.

»Für mich bedeutet es aber eine Menge«, erwiderte Charlie grinsend. »Außerdem konnte ich es nicht länger mit ansehen, wie du seit dem Tod deines Vaters immer schwermütiger wurdest. Nun habe ich die Lösung aller deiner Probleme gefunden. Du verkaufst Queen's Hoo und einen Teil deines Landes für einen wesentlich höheren Preis, als dies alles wert ist. Und du verwaltest es. Nach allem, was du mir erzählt hast, braucht es nach den Jahren der Vernachlässigung eine tüchtige Hand.«

»Das ist wahr«, stimmte Harry zu. »Aber…«

»Kein Aber, alter Junge«, unterbrach ihn Charlie. »Ich konnte Eaglescliffe davon überzeugen, daß Queen's Hoo genau das ist, was er sucht, und das grenzt an ein Wunder.«

Charlie hielt kurz inne, ehe er fortfuhr.

»Eaglescliffe ist bereit, ein Vermögen dafür zu bezahlen. Das ist genau das, was wir jetzt brauchen. Als ich dich das letzte Mal hier besuchte, tropfte die ganze Nacht das Wasser von der Zimmerdecke. Ich holte mir die schlimmste Erkältung seit Jahren.«

Harry stand auf und ging zum Fenster. Gedankenverloren blickte er hinaus in den verwilderten Garten.

Charlie Torrington beobachtete ihn mitfühlend. Er wußte, wie schwer es Harry fiel, Queen's Hoo zu verkaufen. Es war seit der Zeit Königin Elizabeth I. im Besitz seiner Familie.

Das Haus war prachtvoll, aber da der letzte Lord Colnbrooke finanziell nicht in der Lage gewesen war, das Geld für die Reparaturen aufzubringen, hatten die Zimmerdecken Risse, Dutzende von Butzenscheiben mußten erneuert werden, und in fast allen Räumen knarrten die Dielen, wenn man darüberlief.

Harry war sich bewußt, daß er nicht genügend Geld besaß, um die Dienstboten zu bezahlen und den Lebensunterhalt für sich und seine Schwester. Gleichzeitig war aber für ihn der Gedanke, sich von seinem ererbten Besitz trennen zu müssen, so schmerzhaft, als ob er ein Bein oder einen Arm verlieren würde, dachte Charlie.

Eine Weile herrschte Schweigen, dann sagte Harry mürrisch: »Wann will der Marquis einziehen?«

»Sobald das Haus renoviert ist«, antwortete Charlie. »Und wie ich Eaglescliffe kenne, heißt das am besten gleich morgen.«

»Das ist absolut unmöglich!« rief Harry.

Charlie ging durch das Zimmer und legte seinem Freund eine Hand auf die Schulter.

»Hör zu, Harry! Ich weiß, es gefällt dir nicht. Andererseits wirst du es sein, der die Reparaturen und Renovierungsarbeiten überwacht. Das Haus wird danach wie neu aussehen.«

»Ich? Wieso ich?« rief Harry.

»Wer sonst? In gewisser Weise wirst du dir damit selber viel Freude bereiten. Du wirst erleben, wie Queen's Hoo in alter Pracht erstrahlt. Außerdem hast du immer gesagt, daß du und deine Schwester früher oder später in das Dower House umziehen wollt, weil euch in Queen's Hoo das Dach über dem Kopf zusammenfällt.«

Das stimmte.

Am nächsten Tag kam der Marquis of Eaglescliffe mit Charlie nach Queen's Hoo. Sein Phaeton wurde von zwei Pferden gezogen, die Harry vor Neid blaß werden ließen.

Der Phaeton war das eleganteste Fahrzeug, das Harry je gesehen hatte.

Als der Marquis ausstieg, fiel Harry auf, daß der Marquis außerordentlich stattlich war und gut aussah.

Doch als Harry wahrnahm, wie verächtlich der Marquis Queen's Hoo musterte, haßte er ihn.

»Ist dies das Haus, von dem Sie sprachen?« fragte der Marquis spöttisch.

»Ich war überzeugt, es würde Ihnen gefallen, Mylord«, antwortete Charlie liebenswürdig. »Es ist das imposanteste Haus im ganzen Land, das im Tudor-Stil erbaut wurde. Und weil Königin Elizabeth hier einmal übernachtet hat, trägt es diesen Namen.«

»Eine Schlafstelle unter Hunderten«, antwortete der Marquis sarkastisch.

»Ich kann gut verstehen, daß Ihre Majestät diese Wahl getroffen hat«, antwortete Charlie ruhig. »Ich habe Sie darauf aufmerksam gemacht, Mylord, daß eine Menge renoviert werden muß.«

Der Marquis antwortete nicht. Er betrat die Halle mit dem eichenen Treppenhaus und dem großen, gemeißelten Kamin, in dem ein ganzer Baumstamm verbrannt werden konnte, wie Charlie immer sagte.

Dann ging der Marquis in den Salon, dessen Fenster sich zum alten Rosengarten hin öffneten. Er blieb kurz vor Lady Colnbrookes Porträt stehen, von dem man sich erzählte, es habe Charles II. bezaubert.

»Sind das Familienbilder?« fragte der Marquis.

»Ja«, antwortete Charlie rasch. »Sie sind natürlich nicht im Kaufpreis inbegriffen. Aber ich bin sicher, Lord Colnbrooke wird nicht abgeneigt sein, über den Verkauf einzelner Bilder zu sprechen, wenn Eurer Lordschaft das eine oder andere gefällt.«

Charlie war sich bewußt, daß Harry, der dem Marquis als Mr. Dalton vorgestellt worden war, bei diesen Worten zusammenzuckte.

Geringschätzig betrachtete der Marquis alles, was er sah, selbst die alte Bibliothek mit den in Leder gebundenen Büchern. Ihre Buchrücken waren vom Alter schäbig und oft eingerissen, und der Marquis war sichtlich nicht an ihnen interessiert.

Nachdem er jeden Raum im Erdgeschoß, einschließlich der Kapelle, und danach die Zimmer im Obergeschoß besichtigt hatte, wo die Vorhänge der Betten und Fenster verschlissen waren, sagte er abfällig: »Sie verlangen einen exorbitanten Preis für einen geringen Wert!«

»Die Summe deckt nicht das Inventar ab«, antwortete Charlie rasch. »Aber ich bin sicher, daß Eure Lordschaft die stilvollen Proportionen der Räume zu schätzen weiß und natürlich auch die Architektur des ganzen Hauses, denn sie ist einzigartig.«

Der Marquis antwortete nicht.

Harry hörte aufmerksam zu, und er war sicher, Seine Lordschaft würde das ganze Geschäft annullieren oder verlangen, daß man mit dem Preis herunterging.

Überraschenderweise tat der Marquis weder das eine noch das andere, was typisch für ihn war.

Als sie in die Halle zurückgingen, sagte er zu Harry, er wolle ihn auf Major Torringtons Empfehlung hin einstellen, allerdings unter dem Vorbehalt, ihn jederzeit wieder entlassen zu können, wenn er die Arbeit nicht zufriedenstellend ausführte.

»Ist das klar, Dalton? Ich verlange und erwarte Perfektion«, fügte er kühl hinzu.

»Ich werde mein Bestes tun, Mylord«, antwortete Harry nur mit großer Mühe.

Dann sagte der Marquis unvermittelt: »Ich habe gehört, daß Sie mit Major Torrington in der königlichen Brigade an der Schlacht von Waterloo teilgenommen haben.«

»Ja, Mylord«, antwortete Harry.

»Es war eine große Schlacht«, sagte der Marquis bewundernd. »Ich hoffe und wünsche, Sie werden ebenso intelligent, tatkräftig und tüchtig für mich arbeiten. Haben Sie mich verstanden?«

»Ja, Mylord«, antwortete Harry.

»Dann ist es gut. Sie sind angestellt. Kümmern Sie sich sofort um die Renovierungsarbeiten. Mein Sekretär wird morgen von London hergefahren kommen und mit Ihnen über die finanziellen Angelegenheiten sprechen. Sie sollen das Geld zur Verfügung haben, das Sie benötigen. Ich erwarte von Ihnen einen monatlichen Bericht, wie die Dinge hier stehen. Es ist mir sehr wichtig, daß die Arbeiten so rasch wie möglich ausgeführt werden.«

Er ging zur Tür und sagte dann in einem normalen Tonfall: »Wollen Sie mit mir zurückfahren, Torrington, oder würden Sie gern hierbleiben?«

»Ich möchte gern bleiben, wenn es Ihnen nichts ausmacht, Mylord«, antwortete Charlie. »Ich hoffe, Lord Colnbrooke zu sehen. Es wird ihm unendlich leid tun, daß er heute nicht hier sein konnte, um Sie zu begrüßen. Aber ich werde ihm ausführlich darüber berichten, was Sie beschlossen haben, und ich bin sicher, er wird Ihnen sehr dankbar sein.«

Der Marquis erwiderte nichts darauf. Er stieg in seinen Phaeton, nahm die Zügel in die Hand und fuhr ab. Er sah dabei so vorzüglich aus, daß sowohl Harry als auch Charlie ihm bewundernd nachblickten, bis er nicht mehr zu sehen war.

Dann stieß Charlie einen Freudenschrei aus.

»Wir haben es geschafft, Harry!« rief er begeistert. »Er hat Queen's Hoo gekauft! Ich hätte mir niemals träumen lassen, daß er wirklich die geforderte Summe bezahlt!«

»Bist du sicher, daß er es sich nicht noch einmal anders überlegt?« fragte Harry.

»Er hat noch niemals sein Wort gebrochen. Er ist dafür bekannt«, antwortete Charlie. »Harry, du bekommst dein

Geld und dazu noch den Verwalterposten! Aber es wird eine verdammt harte Arbeit für dich sein.«

Dies stellte sich als zutreffend heraus, und nur Anthea und Harry wußten, wie viele Stunden sie während der letzten Wochen gearbeitet hatten.

Zuerst mußten sie Dower House wohnlich einrichten. Sie zogen von Queen's Hoo mit so vielen Möbeln wie möglich um.

Aber sie konnten nicht alles mitnehmen, denn Dower House war nicht sehr groß. Es besaß fünf Schlafzimmer, die Räume für die Dienstboten, drei Wohnzimmer und ein Speisezimmer.

Es war ein hübsches, kleines Landhaus, in dem eine ganze Reihe verwitweter Damen aus dem Geschlecht der Colnbrookes glücklich ihre letzten Lebensjahre verbracht hatten.

Aber sowohl Anthea als auch Harry wußten, daß Dower House für sie niemals so viel bedeuten würde wie Queen's Hoo. Sie mochten es trotz seines Zerfalls und seiner Schäbigkeit.

Und sie liebten das große Treppenhaus mit dem polierten Geländer, auf dem sie als Kinder immer heruntergerutscht waren, und die langen Korridore mit den vielen Zimmern.

Jeder Winkel des Hauses besaß seine Geheimnisse. Da gab es das Priesterversteck, die geheimen Gänge, Treppen und Verliese. In den langen Winternächten war Anthea überzeugt gewesen, die Schreie der eingekerkerten Gefangenen zu hören.

Ihr Vater hatte darüber gelacht und ihr erklärt, es wären keine echten Verliese gewesen, sondern nur Verstekke, in denen sich vermutlich Protestanten vor der Verfolgung durch Mary Tudor verbargen, und später

Katholiken vor Elizabeth, die Ketzer auf dem Scheiterhaufen verbrennen ließ.

Und als die Verstecke nicht mehr als heimliche Zufluchtsorte dienten, wurden sie vermutlich von Schwarzhändlern für ihre Schmuggelwaren benutzt. Sie verkauften an Leute rund um London, die bereit waren, riesige Summen für französische Weine und besonders für Branntwein zu bezahlen.

Anthea hatte sich als Kind vor den dunklen, kalten fensterlosen Verliesen gefürchtet und wollte sie wenn möglich nicht betreten.

Sie und Harry hatten sonst im ganzen Haus gespielt. Sie hatten sich versteckt, waren hinter Geheimtüren verschwunden und hatten, als Geister verkleidet, das Hauspersonal erschreckt.

Anthea dachte betrübt daran, daß nun fremde Menschen in den Räumen ihrer Mutter leben würden. Und ein neuer Besitzer würde in dem Zimmer ihres Vaters schlafen, das schon jedes Familienoberhaupt vor ihm bewohnt hatte.

Je länger sie an den Marquis dachte, um so mehr haßte sie ihn. Im Grunde sollte sie ihm dankbar dafür sein, daß er Harry das Geld gab, das dieser so dringend brauchte.

Harry hatte ihr nicht den Grund genannt, weshalb der Marquis Queen's Hoo erwarb, aber sie war überzeugt davon, daß er etwas Ungewöhnliches vorhatte.

Nachdem das Haus renoviert und eingerichtet war, mußte sie zugeben, daß die Handwerker gute Arbeit geleistet hatten – und Harry ebenfalls, der sie beaufsichtigt und eng mit ihnen zusammengearbeitet hatte. Durch Zufall erfuhr sie, daß der Marquis seinen Einzug als neuer Besitzer festlich feiern wollte.

»Die Gäste werden nicht lange bleiben«, hörte sie Charlie zu ihrem Bruder sagen, der nicht wußte, daß sie lauschte. »Lottie muß am Montag abend wieder im Theater auftreten. Soviel ich erfahren habe, tanzt sie am Samstag nicht. Alle werden aber zum Dinner hier sein.«

Obwohl Anthea auf dem Land lebte und sehr wenig über London wußte, hatte sie doch von Harry gehört, daß Lottie Vernon eine berühmte Tänzerin war. Wie alle jungen Männer, die in den Clubs von St. James verkehrten, bewunderten Harry und Charlie sie sehr.

»Eaglescliffe überschüttet sie mit Juwelen. Sie funkelt wie ein Weihnachtsbaum!« hatte Charlie bei einer anderen Gelegenheit zu Harry gesagt.

Anthea fand es merkwürdig, daß der Marquis für eine Tänzerin so viel Geld ausgab. Sie nahm an, daß er ein großer Bewunderer ihres Talents war.

Es bedeutete vermutlich nicht mehr, als wenn ein anderer Mann Lottie Vernon große Blumenbouquets geschickt hätte, dachte Anthea und erinnerte sich daran, wie ihr Vater einmal erzählt hatte, daß die Tänzerinnen und Opernsängerinnen nach ihren Auftritten oft riesige Blumensträuße geschenkt bekamen. Sie wären sicherlich sehr enttäuscht gewesen, wenn ihre Verehrer sie vernachlässigt hätten.

Doch die Art, wie Harry mit Charlie über die Gäste des Marquis sprach, sagte ihr, wie nervös und beunruhigt er war.

Charlie opferte viel Zeit und besuchte sie oft in Dower House, um Harry zu berichten, was während seiner Abwesenheit in London vorging. Er wollte ihn ein wenig für die Vergnügungen entschädigen, die ihm entgingen, weil er von seinen neuen Pflichten voll in Anspruch genommen war.

Harry war nicht der Meinung, er müsse nun alles selbst

erledigen, aber er wollte es nicht riskieren, seinen Verwalterposten zu verlieren. Charlie vermutete aber auch, daß Harry in seiner neuen Aufgabe einen Ersatz für den Verlust von Queen's Hoo gefunden hatte.

Anthea mußte zugeben, daß es faszinierend war zuzusehen, wie das große Haus von Tag zu Tag schöner wurde.

Da Harry über unbeschränkte Geldmittel verfügte, war er in der Lage, sich die besten Maurer, Zimmerleute, Stukkateure und Maler aus der ganzen Umgebung zu holen. Sie wurden frühmorgens in großen, vierrädrigen Wagen hergebracht und abends auf die gleiche Weise wieder nach Hause gefahren. Anthea war stolz, daß Harry Aufgaben so perfekt und zufriedenstellend löste, mit denen er nie zuvor betraut gewesen war.

Natürlich hatte er als Soldat Befehle gegeben und erwartet, daß sie korrekt ausgeführt wurden. Aber Anthea wußte auch, daß Harry den gleichen Charme wie ihr Vater besaß, und daß die Handwerker ihr Bestes gaben, um ihm eine Freude zu machen. Sie arbeiteten mit einer solchen Begeisterung für ihn, wie sie es für keinen anderen getan hätten.

Harry war durch den Krieg viele Jahre nicht zu Hause gewesen. Deshalb kannten ihn die Männer nicht, und sie wußten auch nicht, daß er in Wirklichkeit Lord Colnbrooke war.

Anthea nahm an, daß sich der Marquis nicht die Mühe machen würde, die alten Dienstboten oder irgend jemanden, der Harry als Kind gekannt hatte, aufzusuchen.

»Ich hoffe nur, ich denke selbst immer daran, daß ich nun Dalton heiße«, sagte Harry grinsend, nachdem er mit den Arbeiten in Queen's Hoo begann. »Wie kamst du überhaupt auf die Idee, diesen Namen für mich auszuwählen, Charlie?«

»Ich hatte einen Tutor namens Dalton«, antwortete Charlie. »Er war ein recht langweiliger Bursche, aber er leistete vorzügliche Arbeit. Ich dachte, der Name würde zu dir passen.«

»Du hättest mich vorher fragen sollen, ehe du mich umtaufst«, beklagte sich Harry.

»Dazu war keine Zeit, alter Junge«, antwortete Charlie. »Als ich bei White's saß und gerade an dich dachte, betrat Eaglescliffe den Club und jemand flüsterte: ›Da kommt Midas. Er hat gestern auf der Rennbahn wieder riesige Summen gewonnen. Geld kommt zu Geld.‹ Da wußte ich plötzlich, daß er genau der richtige Mann war, den du für Queen's Hoo suchtest.«

Harry schwieg, und Anthea sagte rasch: »Es war sehr lieb von dir, Charlie. Ohne deine Hilfe hätten wir es niemals geschafft.«

Charlie blickte Anthea überrascht an. Er hatte sie vor einigen Jahren kennengelernt, aber da sie fünf Jahre jünger war als ihr Bruder, hatte er sie als Kind in Erinnerung behalten.

Nun stellte er erstaunt fest, daß sie in den letzten Jahren, in denen er in Frankreich gekämpft hatte, eine sehr attraktive junge Frau geworden war. Das passende Wort, um sie zu beschreiben, wäre »bezaubernd«, dachte er.

Sie blickte ihn mit ihren großen blauen Augen unschuldig an, und er sagte sich sofort, sie dürfe niemals mit Eaglescliffe in Berührung kommen.

Als sie das Zimmer verließ, sagte er leise zu Harry: »Was immer du auch tust, Harry, versuche es zu verhindern, daß der Marquis jemals ins Dower House kommt und Anthea kennenlernt.«

Harry sah ihn überrascht an.

»Warum?«

»Sei kein Narr, du weißt, wie er sich Frauen gegenüber benimmt«, antwortete Charlie. »Eben erst ist mir aufgefallen, daß Anthea sich zu einem reizenden Mädchen entwickelt hat.«

»Hat sie das?« fragte Harry gleichgültig.

Er war es gewöhnt, daß seine Schwester unermüdlich um ihn herumsprang und für ihn sorgte, wie es früher die jüngeren Schüler in Eton gehalten hatten, und wenn er an sie dachte, sah er sie in ihrem alten, abgetragenen Kleid vor sich, die hellen Haare fielen ihr unordentlich über die Schultern und ihre weißen Söckchen waren ihr bis zu den Knöcheln heruntergerutscht.

Als sie nun wieder in das Zimmer kam, musterte er sie aufmerksam. Sie war sehr einfach gekleidet, besaß aber eine Anmut, die er bisher nicht an ihr wahrgenommen hatte. Sie war noch sehr jung, aber ihr Gesicht war nicht mehr das eines Kindes.

Als er an diesem Abend in ihr Zimmer ging, um ihr eine gute Nacht zu wünschen, wie er es immer tat, setzte er sich an den Bettrand und sagte: »Hör zu, Anthea, Charlie erklärte mir heute, daß du es unbedingt vermeiden mußt, dem Marquis zu begegnen, wenn er an diesem Wochenende hier ist.«

Anthea lachte.

»Ich habe nicht gedacht, daß ich ihn sehen werde. Meinst du, er wird mich zum Dinner einladen?«

»Nein, natürlich nicht«, antwortete Harry rasch. »Ich denke nur, du solltest weder im Park ausreiten noch spazierengehen, während er hier ist. Und auf keinen Fall darfst du Queen's Hoo besuchen.«

»Ich weiß, was dich beunruhigt«, sagte Anthea. »Wir beide sind uns sehr ähnlich, und wenn er mich sieht, könnte er Verdacht schöpfen, daß du nicht Mr. Dalton bist.«

Harry akzeptierte erleichtert diese Erklärung.

»Ja, natürlich«, stimmte er zu. »Das dachte ich auch, und deshalb mußt du vorsichtig sein. Um es ganz deutlich zu sagen: Geh ihm aus dem Weg.«

»Dein Wunsch ist mir Befehl!« neckte ihn Anthea. »Aber einmal möchte ich doch einen verstohlenen Blick auf ihn werfen. Du weißt, ich habe den Marquis noch nie gesehen.«

»Du darfst ihn auch nicht sehen!« sagte Harry barsch. »Hast du mich verstanden, Anthea? Du bleibst hier im Haus! Und falls er durch irgendeinen Zufall vor unserer Haustür stehen sollte, muß Nanny ihm klarmachen, daß du nicht zu Hause bist!«

Anthea lehnte sich in die Kissen zurück.

»Du machst mich sehr neugierig.«

»Du hast nicht neugierig zu sein!« erwiderte Harry. »Bitte sei vorsichtig, Anthea. Eaglescliffe ist ein unangenehmer Mann. Er hat einen sehr schlechten Ruf. Wenn andere ernstzunehmende Interessenten für Queen's Hoo dagewesen wären, hätte ich es unter keinen Umständen an den Marquis verkauft.«

»Aber weil sich nicht viele wohlhabenden Leute darum gerissen haben, das Haus zu erwerben, bin ich ihm sehr dankbar, Harry, daß wir für den Rest unseres Lebens nicht länger mit Papas Schulden belastet sind.«

Anthea hielt kurz inne. Als sie sah, wie ihr Bruder die Stirn runzelte, fuhr sie fort: »Ich habe heute früh den alten Burrows besucht. Er war gerührt darüber, wie schön du sein Cottage hast herrichten lassen. Er sagte mir, er habe in seinem ganzen Leben noch niemals so komfortabel gewohnt. Ich war froh, ihn so zufrieden zu sehen.«

»Glücklicherweise konnte ich etwas für unsere alten Leute tun«, murmelte Harry.

»Und Nanny ist außer sich vor Freude, daß du ihr als Entschädigung für die letzten Jahre, in denen sie keinen Lohn erhielt, eine größere Summe gegeben hast. Sie möchte davon ihre Beerdigung bezahlen, erzählte sie mir. Aber ich machte ihr klar, daß es uns ungelegen käme, wenn sie jetzt sterben würde, und dies außerdem sehr unfreundlich von ihr wäre.«

»Das wäre es«, erwiderte Harry lächelnd.

Er mußte daran denken, daß Nanny die beste Anstandsdame für Anthea war, die er sich denken konnte. Er hatte bereits mit ihr über seine Schwester gesprochen, und Nanny hatte energisch gesagt: »Machen Sie sich bitte keine Sorgen, Master Harry. Ich werde Miss Anthea im Auge behalten, wie ich es immer getan habe.«

Und ärgerlich hatte sie hinzugefügt: »Es entspricht keineswegs meinen Vorstellungen, daß Seine Lordschaft diese vulgären Frauen vom Theater hierherbringt. So sollte sich ein Gentleman nicht benehmen. Ihre Frau Mutter würde sich im Grabe herumdrehen, wenn sie es wüßte.«

»Bitte, Nanny, erwähne vor Anthea nichts davon. Du würdest sie nur neugierig machen, und sie würde versuchen, den Marquis kennenzulernen. Aber sie hat keine Ahnung, was für eine Sorte von Mann er ist.«

»Ich werde dafür sorgen, daß sie hier bei mir im Haus bleibt, Master Harry... ich meine Mylord!«

Harry hatte am Küchentisch gesessen. Nun stand er auf.

»Ich bin für dich ab sofort Mr. Dalton, Nanny. Bitte vergiß das nicht.«

Als er die Küche verließ, hörte er Nanny wütend sagen: »Mr. Dalton! Fürwahr! Was ist das heute für eine Welt, in der ein Mann sich fürchtet, seinen rechtmäßigen Namen zu benutzen, das möchte ich gern wissen!«

Als Harry in den letzten Monaten damit beschäftigt war, Queen's Hoo zu restaurieren, hatte er einige Male mit dem Marquis gesprochen. Seine Lordschaft hatte sich nach dem neuesten Stand der Dinge erkundigt und darum gebeten, daß die Arbeiten beschleunigt wurden. Die Decken und Wände der Räume mußten gestrichen werden. Eine neue Küche samt Herd und Bratenspieße, die wie poliertes Silber glänzten, wurde eingebaut.

Und als Harry kürzlich zur monatlichen Berichterstattung nach London fuhr, erklärte ihm der Marquis kurz und bündig, er sei nun nicht länger bereit, sich zu gedulden.

»Ich habe das Haus für gewisse Anlässe gekauft, Dalton«, sagte er mit seiner klaren, gebieterischen Stimme. »Es geht nun auf den Sommer zu, und ich möchte das kommende Wochenende auf dem Land verbringen. Später ist es mir nicht mehr möglich, alle Gäste, die ich gern bei mir sehen möchte, zu empfangen.«

Er klopfte mit dem Lineal leicht auf den Tisch, ehe er fortfuhr: »Bitte sorgen Sie dafür, daß die Schlafzimmer des Hauses gerichtet werden, und besorgen Sie sich so viel Personal, wie Sie benötigen. Mein Sekretär ist Ihnen jederzeit behilflich, wenn sich irgendwelche Probleme ergeben sollten. Ich treffe mit meinen Gästen am Samstag, den 20. Mai in Queen's Hoo ein.«

»Das ist viel zu früh«, erwiderte Harry unglücklich.

»Nicht zu früh für mich«, antwortete der Marquis. »Mich werden außer Lottie Vernon, von der Sie vermutlich schon gehört haben, auch einige attraktive, junge Ballettänzerinnen von Covent Garden begleiten. Sie werden nach dem Dinner eine Vorstellung geben.«

»Eine Vorstellung, Mylord!« rief Harry entsetzt.

»Das ist kein Problem! Lassen Sie eine kleine Bühne von ungefähr 45 cm Höhe unter der Minstrels' Gallery im Speisesaal aufbauen. Dort werden die Mädchen ihre langsamen Tänze vorführen. Es ist eine neue Art der Unterhaltung. Sie kommt vom Kontinent. Das einzige, was Sie besorgen müssen, ist ein Klavierspieler. Er sollte vom Ort sein.«

Harry sah den Marquis erstaunt an. Deshalb fügte der Marquis erklärend hinzu: »Einige meiner Freunde werden sich um die Ballettmädchen bemühen. Ein Klavierspieler, den sie kennen, würde sie verlegen machen. Deshalb müssen Sie jemanden finden, der sie nur auf dem Klavier begleitet und sich danach sofort zurückzieht. Haben Sie mich verstanden?«

»Ja, natürlich, Mylord.«

Der Marquis überlegte einen Augenblick und sagte dann: »Wenn ich es mir recht überlege, wäre es ganz amüsant, wenn wir auch während des Essens musikalisch unterhalten würden. Leise, angenehme Musik, welche die Unterhaltung nicht stört, wäre sehr passend.«

Er hielt kurz inne und fuhr dann fort: »Bitten Sie den Musiker, zuerst oben auf der Minstrels' Gallery zu spielen. Wenn wir beim Dessert angelangt sind, soll er herunterkommen. Dann beginnt unten auf der Bühne die Vorführung. Ich stelle es mir so vor, daß die Musik den Auftritt der Mädchen begleitet. Ist das klar?«

»Ja, Mylord. Ich werde es arrangieren«, antwortete Harry. »Wir haben im Dorf einen vorzüglichen Pianisten. Er hat sich erst kürzlich zur Ruhe gesetzt, nachdem er Schwierigkeiten mit dem Herzen bekam. Er ist ein exzellenter Musiker, und ich bin sicher, er wird Eurer Lordschaft für ein kleines Honorar zu Diensten sein.«

»Geben Sie ihm, was immer er verlangt«, erwiderte der Marquis. »Und behelligen Sie mich nicht mit derartigen Kleinigkeiten. Sorgen Sie dafür, daß alles so abläuft, wie ich es wünsche. Und lassen Sie die Bühne drapieren und üppig mit Blumen schmücken.«

»Selbstverständlich, Mylord.«

Als Harry von London zurückfuhr, hielt er vor Mr. Meldosios Haus an. Es war etwas größer als ein Cottage und lag am Rande des Dorfes.

Mr. Meldosio war ein gutaussehender, weißhaariger Mann italienischer Abstammung, der zusammen mit seiner Schwester lebte, die ihn gut versorgte. Die meiste Zeit verbrachte er nun mit seinen kleinen Vögeln, mit denen er sich schon seit vielen Jahren beschäftigte.

Erfreut begrüßte er Harry.

»Das ist eine unerwartete Überraschung, Lord Colnbrooke!« rief er. »Wir haben uns schon lange nicht mehr gesehen. Ich fürchtete, Sie hätten mich vergessen.«

»Ganz im Gegenteil. Ich habe gehofft, man würde Ihnen darüber berichten, wie sehr ich in Queen's Hoo beschäftigt bin«, antwortete Harry.

Mr. Meldosio zwinkerte ihm zu.

»Ja, das hat man getan, und man erzählte mir auch, daß Sie Mr. Dalton, der Verwalter sind.«

»Genauso verhält es sich«, erwiderte Harry. »Und deshalb brauche ich am Samstag abend dringend Ihre Hilfe. Es wäre nicht auszudenken, wenn Sie mich im Stich ließen!«

Mr. Meldosio erklärte sich bereit, Klavier zu spielen.

»Es wird wie in den alten Zeiten sein«, sagte er. »Meine Finger sind morgens allerdings immer ein wenig steif, aber ich übe täglich. Miss Lottie Vernon wird von meinem Spiel hoffentlich nicht enttäuscht sein.«

»Ich bin sicher, sie wird Ihre Musik bewundern, wie wir alle es tun«, erwiderte Harry.

Als Harry zu Hause ankam, erzählte er Anthea sofort, was er erreicht hatte.

Nun betrachtete Anthea besorgt ihren Bruder, denn sie wußte nur zu gut, was für ein Unglück es wäre, wenn er den Marquis schon am ersten Abend enttäuschen würde.

Es war jetzt Samstag früh, und selbst wenn Harry in die nächste Stadt fuhr, wäre es zweifelhaft, ob es ihm in so kurzer Zeit gelingen würde, für den Abend einen professionellen Pianisten zu finden. Außerdem blieb keine Zeit mehr zum Üben.

Harry stellte ärgerlich sein leeres Glas neben sich auf den Tisch.

»Was soll ich nur tun, Anthea? Was um Himmels willen soll ich machen?«

»Die Lösung ist ganz einfach! Ich weiß die Antwort auf deine Fragen. Ich werde Klavier spielen!«

Harry sah seine Schwester an, als hätte sie den Verstand verloren.

»Du? Niemals! Sei nicht töricht!«

»Du weißt, wie gut ich Klavier spielen kann«, widersprach Anthea. »Natürlich nicht so virtuos wie Mr. Meldosio, aber doch ganz passabel. Jedenfalls gut genug, um Papa damit zu erfreuen. Einmal sagte er mir, wenn ich jemals Geld für meinen Lebensunterhalt verdienen müßte, dann könnte ich mit viel Fleiß professionellen Standard erreichen.«

»Er hat dir nur geschmeichelt«, murmelte Harry.

Doch er wußte genau, daß seine Schwester eine exzellente Klavierspielerin war. Viele Leute sagten ihm immer wieder, wie sehr sie von ihrer Musik begeistert waren.

Anthea spielte jeden Sonntag in der Kirche die Orgel, und obwohl Harry unmusikalisch war, gab er zu, daß Anthea sogar dem gebrechlichen, alten Instrument himmlische Töne entlocken konnte.

Plötzlich dachte Harry wieder an den Marquis. Energisch sagte er: »Das ist unmöglich, ganz unmöglich!«

»Schön, dann mußt du dir einen anderen Musiker suchen«, erwiderte Anthea.

Sie sah auf die Uhr über dem Kamin und fügte hinzu: »Es ist jetzt fast Mittag. Du hast noch ungefähr acht Stunden, um jemanden zu finden.«

Harry seufzte.

»Du weißt genau, daß ich keine Zeit mehr habe. Ich muß drüben im Haus noch tausend Dinge erledigen. Die Gärtner bringen jeden Augenblick die Blumen. Ich muß mich vergewissern, daß sie alles richtig aufstellen. Als ich heute früh Queen's Hoo verließ, waren die Draperien für die Bühne auch noch nicht angebracht.« Harry seufzte. »Wenn ich mich nicht um den Tischschmuck kümmere, wird es eine Katastrophe. Williams ist ein vorzüglicher Gärtner, aber sein Geschmack ist miserabel.«

Harry war aufgeregt, und Anthea sagte beruhigend: »Liebster, ich verstehe dich, aber es wäre klug von dir, wenn du mich Klavier spielen ließest. Du kannst in dieser kurzen Zeit keinen anderen Pianisten finden.«

»Ich darf es nicht erlauben, daß du mit dem Marquis oder seinen Freunden in Berührung kommst.«

»Sie werden mich schon nicht auffressen«, antwortete Anthea. »Ehrlich gesagt, ich will es nicht glauben, daß ich mit Lottie Vernon in irgendeiner Weise konkurrieren kann.«

Das war nicht zu bestreiten, dachte Harry.

Er musterte seine Schwester eingehend. Ihr Baumwollkleid war vom vielen Waschen verschossen, und das Haar fiel ihr unordentlich in das Gesicht. Er sagte sich, daß der Marquis sich niemals für ein solches Mädchen interessieren würde, wenn er von den exotischsten und bezauberndsten Ballettänzerinnen ganz Londons umgeben war.

Anthea spürte, wie ihr Bruder wankelmütig wurde. Sie setzte sich auf die Armlehne seines Sessels und legte einen Arm um seine Schulter.

»Hör zu, Liebster«, sagte sie. »Ich weiß, du machst dir um mich Sorgen. Das ist lieb von dir. Aber ich verspreche dir, ich werde gut auf mich aufpassen. Ich werde spielen, was man von mir erwartet, und dann so schnell wie möglich mit Nanny nach Hause gehen.«

»Du willst Nanny mitnehmen?«

Harry klammerte sich an diese Idee, als wäre sie ein Rettungsring in einer rauhen See.

»Ja, natürlich. Nanny kann im Zimmer der Haushälterin auf mich warten. Und sobald die Aufführung beendet ist, gehen wir nach Hause.«

Eine Weile herrschte Schweigen. Dann sagte Harry: »Ich dürfte es niemals erlauben. Ich sollte nicht auf dich hören. Aber ich möchte auch nicht riskieren, meinen Verwalterposten zu verlieren; und ehrlich gesagt, ich will ihn nicht verlieren.«

»Nein, natürlich nicht«, stimmte Anthea zu.

»Es war für mich eine große Genugtuung, daß ich plötzlich in der Lage war, genau das für unsere Leute auf dem Land zu tun, was ich immer schon vorgehabt hatte«, erklärte Harry. »Sie mußten während des Krieges hart um ihr Dasein kämpfen. Einer der Männer sagte mir neulich, es habe niemanden gegeben, der ihnen die Kuhställe repariert hätte.«

»Ich weiß, ich weiß«, sagte Anthea. »Sie alle sind dir sehr dankbar. Mrs. Barnes meinte vor zwei Tagen, du wärst wie der Heilige Michael persönlich vom Himmel geschickt worden, um sie alle vor dem Ruin zu retten.«

Harry grinste.

»Sie sollten lieber dem Marquis danken, wie du sehr wohl weißt, und ich muß zugeben, er hat niemals auch nur eine der Ausgaben in Frage gestellt, ob es sich nun um die Landarbeiter, die Rentner oder sonst irgend etwas auf dem Besitztum handelte.«

»Dann kann er kein so schlechter Mensch sein, wie man immer behauptet«, meinte Anthea.

»Doch, er ist ein schlechter Mensch! Mache dir ja kein falsches Bild von ihm! Ich möchte nicht, daß du ihm begegnest und mit ihm sprichst. Hast du mich verstanden, Anthea? Und du wirst dich, während du Klavier spielst, vor ihm verbergen. Sobald die Darbietung beendet ist, gehst du mit Nanny sofort nach Hause!«

»Ja, das werde ich tun. Ich verspreche es dir, Harry.«

»Und noch etwas: Konzentriere dich nur auf deine Musik und achte auf nichts anderes. Ich möchte nicht, daß du von den Leuten besudelt wirst, die der Marquis in mein Haus bringt. Es ist unrecht von ihm.«

Anthea hätte gern erwidert, daß Queen's Hoo nicht mehr Harry gehörte, aber sie dachte, es würde ihn verletzen.

Statt dessen küßte sie ihren Bruder auf die Wange und sagte: »Mache dir keine Sorgen, Harry. Es wird alles gut gehen. Ich bin überzeugt davon, daß der Marquis mit meiner Musik zufrieden sein wird. Und er wird sich um eine einfache Klavierspielerin nicht im geringsten kümmern.«

»Vermutlich hast du recht«, erwiderte Harry.

Anthea entnahm seinen Worten, daß er trotzdem besorgt war. Aber ihr selbst verhalf ihr Auftritt zu einem unerwarteten, aufregenden Abenteuer.

2. Kapitel

Der Marquis verließ London schlechtgelaunt.

Mehr als alles andere verabscheute er es, wenn seine Vorstellungen nicht nach Plan verliefen.

Er hatte sich enorme Mühe gegeben, gerade diesen Empfang auf dem Land so perfekt wie möglich zu gestalten.

Zuerst hatte er dafür gesorgt, daß Lottie Vernon in der Aufführung am Samstag abend in Covent Garden nur einen kleinen Part zu übernehmen hatte, der auch von einer Vertretung getanzt werden konnte.

Dies war nicht so schwierig, wie es klang, weil der Marquis als Mäzen in Covent Garden mehrere Produktionen mitfinanziert hatte. Er wurde geschätzt, und niemand wollte ihn verärgern.

Dann hatte er mit der gleichen Sorgfalt und Aufmerksamkeit, die er in allem was er tat, an den Tag legte, seine Gäste eingeladen.

Die Männer waren seine Freunde und Rivalen auf den Rennplätzen, im Club und auf der Jagd, die sie zusammen im Herbst genossen. Fünf von ihnen verbrachten während der Wintermonate regelmäßig einige Zeit in seiner Jagdhütte in Leicestershire.

Was die Frauen anbetraf, so hatte er auf Lottie Vernons Rat hin drei junge Ballettänzerinnen von Covent Garden eingeladen, die erst kürzlich von Frankreich herübergekommen waren. Lottie hatte ihm versichert, daß sie Experten in den *poses plastiques* waren, die zur Zeit in Paris sehr beliebt waren.

Wenn die Darbietung so exotisch und außergewöhnlich war wie die Aufführung, die er in »Gay City« gesehen hatte, würden seine Freunde begeistert sein. Sie hatten bisher keine Gelegenheit gehabt, etwas Vergleichbares zu sehen.

Schließlich machte er seinen Einfluß geltend und setzte es durch, daß nicht nur Lottie, sondern auch die anderen Ballettänzerinnen, die sie ihm empfohlen hatte, am Samstag abend nicht in Covent Garden auftreten mußten.

Die anderen Frauen kamen mit seinen Freunden. Für diese nahmen sie die gleiche Stellung ein wie Lottie für den Marquis. Der einzige Unterschied zwischen ihr und jenen Frauen bestand darin, daß Lotties Haus größer und luxuriöser möbliert war. Keine andere Kokotte von ganz London verfügte über prachtvollere Kutschen und Pferde als sie.

Als der Marquis mit seinem Phaeton nach Chelsea fuhr, dachte er daran, wie vorbildlich er alles organisiert hatte, wenn es um die Belange seiner Geliebten ging. Gleichzeitig freute er sich darauf, künftig nicht mehr zu nachtschlafender Zeit in Queen's Hoo aufstehen zu müssen, um in sein Haus am Berkeley Square zurückzufahren. Er war es endgültig leid, seinen *affaires de coeur* zuliebe mitten in der Nacht aufzustehen, damit auch nicht die geringste Möglichkeit bestand, daß eines der Dienstmädchen ihn sah und ihr Gerede unter Umständen dem Herrn des Hauses zu Ohren kam.

»Ich bin todmüde«, hatte der Marquis erst kürzlich zu einem reizenden Geschöpf gesagt, dessen Schönheit ihn so sehr entflammt hatte, daß die Stunden ebenso rasch verstrichen wie seine Leidenschaft wuchs.

»Ich weiß, du hast dem Nachtdiener ein großzügiges Trinkgeld gegeben, und er wird schweigen«, hatte sie geantwortet. »Aber allen anderen traue ich nicht. Sie könnten uns verraten und über uns reden. Außerdem fürchte ich, daß meine Schwiegermutter dieses abscheulich naseweise Dienstmädchen aushört und Diskreditierendes über mich herauszufinden versucht.«

Deshalb hatte der Marquis das warme, komfortable Bett verlassen und sich ohne Hilfe seines Kammerdieners angekleidet, worin er große Übung besaß. Dann war er in die kalte Nacht hinausgegangen. Ein gähnender Kutscher und sein verschlafener Diener hatten auf ihn gewartet.

Nun sagte er sich, daß er sich heute nacht stundenlang vergnügen konnte, ohne ständig einen Blick auf die Uhr werfen zu müssen.

Er lenkte seine Pferde in die vornehme Avenue, in der auch das Royal Hospital stand, das Charles II. als Dank für Nell Gwynne hatte bauen lassen.

Zu beiden Seiten der Straße leuchtete das junge Grün der Bäume; der Sonnenschein funkelte in den Fenstern der Häuser und steigerte deren Pracht.

Der Marquis hatte für seine Vergnügungen viele Strapazen auf sich genommen, ehe er sich im letzten Jahr entschloß, ein Haus zu kaufen, in dem er dann Lottie Vernon unterbrachte. Vorher hatte er eine andere Kokotte hier einquartiert, die sich jedoch bald als unbefriedigend erwiesen hatte. Lottie Vernon hatte er erlaubt, das Schlafzimmer selbst einzurichten – das sie dann äußerst geschmacklos ausstattete, wie er persönlich fand.

Das Badezimmer jedoch gab er selbst in Auftrag, und es wurde von jedermann bewundert, der es sah.

Harry war erstaunt gewesen, als der Marquis ihm sagte, daß jede Toilette in Queen's Hoo in ein Bad umgebaut werden sollte. Es gab fünf davon, und sie alle lagen neben den Schlafzimmern.

»Bäder, Mylord?« hatte Harry erstaunt gefragt. Er zweifelte daran, ob er den Marquis richtig verstanden hatte.

Doch nachdem er sah, wie prachtvoll das erste Badezimmer geworden war, erklärte er Anthea, daß auch er in Dower House ein Bad installieren lassen wollte.

»Was sollen wir mit einem Badezimmer?« hatte sie gefragt.

»Es erspart uns eine Menge Arbeit – besonders mir, weil ich deine Wasserkannen herauftragen muß«, hatte er geantwortet.

Anthea mußte ihm recht geben. Der alte Jacobs pflegte den Garten, schleppte das Holz und die Kohlen für das Feuer herein und den Müll hinaus. Er trug auch die schweren Wasserkannen für Harrys morgendliches Bad in sein Schlafzimmer hinauf und goß es in einen Zuber.

Aber Harry selbst brachte das heiße Wasser für seine Schwester herauf, denn sie badete gewöhnlich erst spät abends, wenn der alte Jacobs sich schon in sein kleines Cottage hinter dem Stallhof zurückgezogen hatte. Selbst Nanny lehnte es ab, Jacobs nach einem harten Arbeitstag noch einmal ins Haus zu rufen.

Harry sprach voller Begeisterung über die neuen Badezimmer des Marquis, obwohl er selbst daran gewöhnt war, sich sowohl morgens als auch abends mit kaltem Wasser zu waschen.

»Wenn wir ein separates Badezimmer besitzen, wird alles wesentlich einfacher sein«, sagte er zu Anthea. »Und wenn du mir das nicht glaubst, dann komme mit und schaue dir die fertigen Baderäume in Queen's Hoo an.«

»Das will ich gern tun«, erwiderte Anthea. »Aber ich halte diese Ausgabe für überflüssig. Wir haben immer in unseren Schlafzimmern gebadet.«

Doch nachdem sie die Bäder des Marquis gesehen hatte, war auch sie begeistert. Sie lagen neben den Schlafräumen, und das bedeutete, daß keine Dame im Nachthemd in den Korridoren gesehen werden würde, was anderenfalls ihre Mutter schockiert hätte. Aber abgesehen davon, hatte Anthea noch niemals etwas so Prachtvolles wie das Bad des Marquis gesehen.

Die Badewanne war, anders als in den übrigen Badezimmern, in den Fußboden eingelassen, so daß man nicht in die Badewanne hineinsteigen mußte, sondern hineinschreiten konnte. Es entsprach der römischen Mode.

Nachdem Anthea dies gesehen hatte, war sie ebenso entzückt wie Harry davon, und sie ließen in Dower House ein Bad einbauen.

»Ich werde trotzdem für Sie das heiße Wasser in dem alten, rostigen Ofen warmmachen müssen«, murrte Nanny. »Und wenn die neue Wanne größer ist als der alte Zuber, den Sie immer im Schlafzimmer benutzt haben, dann versichere ich Ihnen, werden Sie künftig immer in kaltem Wasser Ihr Bad nehmen.«

Aber als Harry für Queen's Hoo neue Öfen kaufte, besorgte er auch einen für Dower House, und Nanny hörte auf zu nörgeln.

Nachdem Charles Torrington den neuen Ofen gesehen hatte, sagte er lachend: »Ich glaube, du machst es dir auf Kosten des Marquis hier sehr behaglich.«

Harry sah ihn tadelnd an.

»Ich habe diesen Ofen von meinem eigenen Geld gekauft«, sagte er gekränkt. »Du hast mir den Rat gegeben, immer ehrlich und rechtschaffen zu sein, Charlie, und daran halte ich mich.«

Charlie entschuldigte sich.

Anthea hoffte, daß auch der Marquis zur Kenntnis nahm, wie gewissenhaft sein Verwalter in diesen Dingen war. Sie wußte, daß Harry jede Anschaffung, die er für das Dower House tätigte, von dem Geld bezahlte, das er für den Verkauf von Queen's Hoo vom Marquis erhalten hatte.

Wie Charlie wußte auch Anthea, daß es bei den großen Rechnungen, die ihr Bruder für die Renovierung des Herrenhauses nach London schickte, eine Kleinigkeit gewesen wäre, einige Extraausgaben mitanzuführen.

Aber Harry hatte einmal zu ihr gesagt: »Ich werde mein ganzes Leben lang arbeiten müssen. Aber ich bleibe immer ein Ehrenmann, und ich habe nicht vor, das zu vergessen.«

Als der Marquis vor seinem Haus in der Royal Avenue vorfuhr, dachte er nicht an sein Badezimmer, das er immer benutzte, wenn er Lottie Vernon besuchte, sondern er hoffte, daß im Haus alles zu seiner Zufriedenheit gerichtet war.

Außer Lotties Dienstmädchen, das ihr auch im Theater beim Ankleiden half und das er nicht mochte, waren alle anderen Dienstboten im Haus von seinem Sekretär, Mr. Cunningham, eingestellt worden.

An den Abenden, an denen er mit Lottie in der Royal Avenue speiste, vergewisserten sich sein zweiter Küchenchef und sein Kammerdiener, ob die Speisen so zubereitet waren, wie er es liebte. Und er wurde hier auf die gleiche Weise bedient wie in seinem Haus am Berkeley Square.

Im Keller lagen Champagner, Rotwein und Portwein – die Getränke, die er bevorzugte –, und jede Woche trafen regelmäßig Eier, Hühner, Früchte und Gemüse vom Land ein, so daß sein Koch nur sehr wenig in den Londoner Geschäften kaufen mußte.

Der Marquis brachte seine herrlichen Pferde zum Stehen, die er Anfang des Jahres bei Tattersall's gekauft hatte. Sein Bursche, der auf einer kleinen Bank auf der Rückseite des Phaetons gesessen hatte, sprang herunter.

Der Marquis ließ sich beim Aussteigen Zeit. Er sah sehr elegant aus. Seine mit goldenen Quasten verzierten Stiefel waren auf Hochglanz poliert und reflektierten den Sonnenschein, als er zur Haustür die Treppe hinaufging.

Wie er es wünschte, wurde sie geöffnet, noch ehe er den silbernen Türklopfer betätigte. Er hatte vor ein paar Stunden seinen Diener mit der Nachricht herübergeschickt, wann genau er hier eintreffen würde.

Lotties Mädchen empfing ihn in der Halle, und als er an ihr vorbeigehen wollte, sagte sie: »Schlechte Nachrichten für Sie, Mylord. Miss Lottie ist krank.«

»Sagtest du krank, Sarah?« fragte er.

»Ja, Mylord. Als wir gestern abend nach dem Ballett nach Hause kamen, ging es ihr schon sehr schlecht. Nun kann sie kaum noch sprechen und den Kopf nicht vom Kissen heben.«

»Warum hast du es mich nicht früher wissen lassen?« fragte der Marquis ärgerlich.

Sarah zuckte mit den Schultern.

»Ich hoffte, es würde ihr heute besser gehen. Ich weiß, wie verärgert Sie darüber wären, wenn sie nicht mit Ihnen aufs Land fahren kann. Aber anstatt besser ist es schlimmer geworden.«

»Hast du schon einen Doktor gerufen?«

»Ja, er kam um die Mittagszeit. Er sagte, Miss Lottie hat eine Sommergrippe. Viele Leute sind krank.«

Ohne ein weiteres Wort zu verlieren, ging der Marquis hinauf in Lotties Zimmer.

Es nahm fast das ganze erste Stockwerk ein und war in Rosa gehalten. Die Musselinvorhänge waren mit Spitzen besetzt. Den Aubusson-Teppich hatte der Marquis beigesteuert.

Lottie lag in einem großen Bett unter einem goldenen Baldachin, der mit tanzenden Engeln verziert war. Ihr dunkles Haar breitete sich auf den Kissen aus. Sie hatte die Augen geschlossen. Schon auf den ersten Blick sah der Marquis, daß sie sehr krank war. Kein Make-up verdeckte ihre Blässe.

Langsam öffnete sie die Augen. Als er neben dem Bett stand, fiel ihm auf, daß sie verschwollen waren.

»Hat der Doktor dir eine Medizin gegeben, damit es dir ein wenig besser geht?« fragte der Marquis.

»Ja, ein unmögliches Zeug. Es schmeckt wie Spülwasser«, erwiderte Lottie. »Aber der Husten plagt mich immer noch sehr.«

Als Reaktion folgte ein Hustenanfall, der ihren ganzen Körper schüttelte.

Der Marquis wartete, bis sie sich erschöpft in die Kissen fallen ließ, und sagte dann: »Ich schicke dir meinen eigenen Doktor. Du darfst in diesem Zustand unter keinen Umständen aufstehen.«

»Hoffentlich kann ich am Montag wieder tanzen«, murmelte Lottie.

Der Marquis verließ das Krankenzimmer und mußte daran denken, daß seine Einweihungsfeier nicht mehr zu retten war. Verärgert fuhr er zurück zum Berkeley Square und trug seinem Sekretär auf, Lottie seinen Doktor zu schicken. Dieser betreute auch den Prinzregenten. Dann bat er Mr. Cunningham, so rasch wie möglich einen großen Korb mit Orchideen in das Haus an der Royal Avenue bringen zu lassen.

Während der Fahrt aufs Land dachte er verstimmt daran, daß nun die Zahl seiner Hausgäste an diesem Abend ungerade sein würde. Alle anderen wären ein Paar, nur er würde allein sein, da es nun zu spät war, für Lottie einen Ersatz zu finden. Es ärgerte ihn, daß sie ihn nicht früher über ihre Krankheit informiert hatte.

Obwohl er nicht vorhatte, es Dalton zu sagen, freute er sich jedesmal, wenn er sah, wie Queen's Hoo von Woche zu Woche schöner wurde und zu neuem Leben erwachte.

Charles Torrington hatte recht gehabt, als er sagte, es sei eines der schönsten Häuser aus der Tudor-Zeit.

Alles, was er bis jetzt besaß, war außergewöhnlich, ja einzigartig, und er war sicher, daß auch Queen's Hoo, nachdem es renoviert und neu eingerichtet war, den Neid aller seiner Freunde wecken würde, vor allem auch deshalb, weil es so nahe bei London lag.

Nun wurde die Freude, etwas so Außergewöhnliches und Prachtvolles erworben zu haben, dadurch geschmälert, daß Lottie an Grippe erkrankt war. Kurz ging ihm der Gedanke durch den Kopf, ob er nicht doch das Fest absagen und auf nächste Woche verschieben sollte.

Dann sagte er sich, daß es dafür zu spät war. Es wäre ganz unmöglich, jetzt noch seine Freunde benachrichtigen zu wollen, denn sie wären vermutlich nicht mehr zu Hause. Sie holten gewiß schon ihre Freundinnen in den verschiedenen Stadtteilen Londons ab. Seine Nachricht würde sie nicht mehr erreichen.

Die Miene des Marquis verfinsterte sich, als er während der Fahrt auf den leeren Platz neben sich im Phaeton blickte, auf dem Lottie hätte sitzen sollen.

Wie er es geplant hatte, benötigte er eine knappe Stunde bis zur Einfahrt von Queen's Hoo. Das Tor und die beiden Pförtnerhäuschen daneben waren frisch gestrichen.

Als der Marquis den Weg entlangfuhr, dachte er, wie

hingerissen Lottie gewesen wäre, wenn sie Queen's Hoo gesehen hätte. Sie hätte vermutlich begeistert in die Hände geklatscht und ihr Entzücken ausgedrückt, denn sie war intelligent genug, um zu wissen, daß der Marquis wie alle Männer geschmeichelt war, wenn man seinen Besitz rühmte.

Und er selbst hätte jedes lobende Wort genossen, jedes Adjektiv, das sie über seine Klugheit geäußert hätte, ein solches Juwel erworben zu haben.

Er war stolz darauf, es zu besitzen, und er war sicher, seinen Freunden würde es die Sprache verschlagen, wenn sie es das erste Mal sahen.

Das Fachwerk war schwarz gestrichen, die fehlerhaften Scheiben waren ersetzt worden. Sie funkelten wie Juwelen in der Sonne.

Auch die Gärtner, von Harry angestellt, hatten wahre Wunder in dem Garten vollbracht. Sie hatten ihn in einen grünen Rasen verwandelt, mit blühenden Büschen, Goldregen, violettem und weißem Flieder, und sie erzielten damit eine zauberhafte Wirkung.

Der Marquis fuhr zu der von Mr. Cunningham angegebenen Zeit vor dem Haus vor, und wie er es erwartete, stand sein Verwalter am Ende des roten Teppichs, der über den Stufen lag, die zu der frisch gestrichenen Eingangstür führten. Zwei Diener, die auf dem Rücksitz des Phaeton gesessen hatten, nahmen ihm rasch die Zügel ab.

Der neue Besitzer von Queen's Hoo ging langsam und würdevoll über den roten Teppich auf Harry zu.

»Guten Tag, Mylord!«

»Guten Tag, Dalton«, sagte der Marquis. »Ist für meine Gäste alles vorbereitet? Sie werden in den nächsten Stunden hier eintreffen.«

»Ich habe mich bemüht, alle Ihre Wünsche zu erfüllen,

Mylord«, antwortete Harry. »Die Musikinstrumente sind gestern eingetroffen.«

Der Marquis betrat die Eingangshalle, wo der Butler und vier Bedienstete warteten.

Da der Marquis sie noch nicht kannte, sagte Harry ein wenig nervös: »Darf ich Ihnen Jarvis vorstellen, Mylord? Er diente dem Earl of Hull, bis dieser starb.«

Der Butler, ein vornehm aussehender Mann mittleren Alters, verbeugte sich höflich.

Der Marquis neigte kurz den Kopf und ging in den großen Salon. Er stellte befriedigt fest, daß er prachtvoll mit Blumen geschmückt war, deren Duft die Luft erfüllte.

Dann blickte er sich im Salon um und sagte: »Dalton, lassen Sie nach dem Dinner am anderen Ende des Zimmers Spieltische aufstellen. Vergewissern Sie sich, daß genügend Spielkarten vorhanden sind. Sie wurden letzte Woche hergeschickt.«

»Ja, ich habe sie erhalten, Mylord«, erwiderte Harry.

Der Marquis verließ den Salon und ging den Korridor hinab zur Bibliothek. Sie sah nun völlig anders aus.

In den Bücherregalen standen neue, in Leder gebundene Bücher mit Goldschrift.

Die Vorhänge waren aus schwerem, goldgelben Brokat, und die getäfelte Zimmerdecke war originalgetreu restauriert worden. So mußte die Bibliothek ausgesehen haben, als Queen's Hoo erbaut worden war. Bei seinem ersten Besuch hatte die Decke nasse Flecken gehabt und war an mehreren Stellen schadhaft gewesen.

Durch Zufall hatte Harry die alten Zeichnungen gefunden. Sein Vater hatte sie sorgfältig in einer alten Seemannskiste aufbewahrt. Harry hatte sie entdeckt, als er und Anthea ins Dower House umzogen.

Als er erkannte, was die Pläne darstellten, sagte er sich,

daß sie genau das waren, was er brauchte, um den Raum so perfekt wie möglich restaurieren zu können.

Er verhandelte mit den Handwerkern, motivierte, unterstützte, ermutigte und inspirierte sie, und sie schufen etwas Vollkommenes. Er war sicher, daß jedermann, auch der Marquis, von dem Resultat begeistert wäre.

Der Marquis lobte ihn nicht, sondern sagte nur: »Die Bibliothek ist prachtvoll. Aber da ich große Zweifel habe, ob meine Gäste begeisterte Leser sind, werde nur ich diesen Raum benutzen.«

Der Butler war ihnen in respektvoller Entfernung gefolgt. Nun sagte er: »Mr. Dalton hat vermutet, daß sich Seine Lordschaft so entscheiden werden. Deshalb habe ich das Servierbrett in die Ecke gestellt. Darf ich Seiner Lordschaft ein Glas Champagner einschenken?«

»Ja, bitte«, antwortete der Marquis.

Jarvis beeilte sich, den Wunsch Seiner Lordschaft zu erfüllen.

»Wenn Eure Lordschaft mich im Moment nicht brauchen, würde ich mich gern zurückziehen«, sagte Harry. »Ich habe im Bankettsaal noch eine Menge zu erledigen.«

»Wurde eine Bühne aufgestellt, wie ich es wünschte?« fragte der Marquis.

»Ja, und ich hoffe, Eure Lordschaft wird mit dem Resultat zufrieden sein.«

Harry zwang sich mit großer Willensanstrengung dazu, sich höflich zu verbeugen, ehe er die Bibliothek verließ.

Als er den Korridor hinabging, dachte er wieder, wie sehr er den Marquis verabscheute. Er hätte ruhig ein Wort des Dankes über die perfekte Organisation äußern können.

Kein anderer hätte in so kurzer Zeit so viel erreicht wie ich, dachte Harry ärgerlich.

Dann lachte er über sich. Er wünschte Dank für etwas, was im Grunde seine Aufgabe war. Und wenn der Marquis nur halb soviel Freude an dem Haus hatte wie er selbst, konnte er sich glücklich schätzen.

Harry gestand sich ein, daß er mit großer Befriedigung zugesehen hatte, wie sich das Haus von einem alten Wrack in ein Schmuckstück verwandelte. Schade, daß es an einen Mann vergeudet wurde, der von einer Schar ungebildeter Frauen umgeben war, die nur das wahrnahmen, was sie sich um den Hals hängen konnten.

Als Harry den Bankettsaal betrat, sah er, daß der Gärtner die Blumen an die falschen Plätze gestellt hatte. Sofort vergaß er seinen Ärger und kümmerte sich um das, was getan werden mußte.

Anthea hatte den ganzen Nachmittag am Spinett geübt. Sie hatten es von Queen's Hoo nach Dower House herüberbringen lassen. Es hatte einmal ihrer Großmutter gehört und war ein schönes Instrument, aber schwer zu spielen.

Anthea träumte davon, daß sie eines Tages vielleicht ein neues Klavier besitzen würde.

Mr. Meldosios Klavier war zehn Jahre alt. Er hatte ihr erzählt, wie sehr sich die neuesten Instrumente von seinem eigenen unterschieden, und wie große Fortschritte in den letzten Jahren bei der Verbesserung des Klangkörpers erzielt worden waren.

Anthea durfte, wann immer es ihre Zeit erlaubte, auf Mr. Meldosios Klavier üben. Oft spielte er ihr auch vor. Obwohl sie es nicht bemerkte, unterrichtete er sie, als ob sie eine seiner Schülerinnen wäre.

»Ich komme gern zu Ihnen herüber«, hatte sie erst kürzlich bei einem ihrer Besuche zu ihm gesagt.

»Und ich habe Sie gern bei mir, Miss Anthea«, hatte Mr. Meldosio erwidert. »Schade nur, daß Sie eine Lady sind. Ich bin sicher, Sie hätten sonst als Konzertpianistin Karriere gemacht. Die Leute würden in Ihre Konzerte stürmen, um Sie zu hören.«

Anthea hatte gelacht.

»Sie schmeicheln mir. Obwohl ich sehr gern höre, was Sie sagen. Aber ich weiß, Sie übertreiben, und ich werde niemals so gut spielen wie Sie.«

»Das ist nur Übungssache«, hatte Mr. Meldosio geantwortet. »Aber Sie drücken in Ihrem Spiel etwas aus, das man nicht lernen kann.«

Anthea hatte ihn fragend angesehen.

»Sie spielen mit dem Herzen, Miss Anthea, und dies ist es, was wirklich zählt.«

Er hatte kurz innegehalten und dann hinzugefügt: »Nein, ich glaube, es ist nicht richtig, was ich gesagt habe. Sie spielen nicht nur mit dem Herzen, sondern auch mit der Seele, und diese göttliche Gabe ist nur Engeln gegeben.«

»Sie machen mich eitel«, hatte Anthea lachend erwidert. »Wenn ich wirklich diese göttliche Gabe besitzen sollte, wie Sie es nennen, dann kommt es nur daher, weil ich auf Ihrem himmlischen Klavier üben darf. Außerdem haben Sie mir alles beigebracht.«

Als Anthea Mr. Meldosio verließ und nach Hause ging, dachte sie noch einmal darüber nach, was er zu ihr gesagt hatte. Sie kam zu dem Schluß, daß er ihr Talent überbewertete. Aber gleichzeitig sagte sie sich, daß ihr die Musik alles bedeutete. Anthea konnte sich ein Leben ohne sie nicht vorstellen.

Sie summte Melodien, wenn sie im Haus war, und sie hörte sie draußen im Wind. Wenn sie allein im Park ausritt, glaubte sie, die Hufe ihres Pferdes würden sie nach einem geheimnisvollen Rhythmus davontragen.

Nun stand sie vom Spinett auf. Sie fragte sich, ob es wohl vernünftig wäre, zu Mr. Meldosio hinüberzugehen und noch einige Zeit auf seinem Klavier zu üben.

Sie entschied sich dagegen, weil er am anderen Ende des Dorfes wohnte. Es wäre ein Fehler, wenn sie am Abend nicht ausgeruht wäre, denn sie mußte ihr Bestes geben, um Harry zu helfen.

Nanny war den ganzen Nachmittag mit Antheas einzigem anständigen Kleid beschäftigt. Es war aus weißem Musselin, und sie hatte es erst kürzlich genäht. Man konnte es nicht als elegantes Abendkleid bezeichnen. Am Hals und am Saum war es mit Rüschen verziert. Anthea zog es an, wenn sie und Harry am Abend zu Hause speisten.

Nun verschönte es Nanny, indem sie eine blaue Schärpe anbrachte, die gut zu Antheas blauen Augen paßte. Nanny hatte sie von einem Kleid ihrer Mutter abgetrennt.

Anfangs war Nanny über die Vorstellung entsetzt gewesen, daß Anthea Queen's Hoo betreten wollte, während der Marquis hier war. Aber als man ihr sagte, daß dies nur Harry zuliebe geschah, beruhigte sich Nanny und erklärte sich damit einverstanden.

Nanny liebte Harry von Kindheit an. Lady Colnbrooke hatte sie kurz vor seiner Geburt angestellt. Als Anthea fünf Jahre später geboren wurde, ging die alte Nanny in Rente, und Nanny Ellen, wie sie genannt wurde, übernahm deren Aufgaben und Pflichten.

Nach Lady Colnbrookes Tod war Antheas Vater in großer Geldnot. Sie mußten nun mit weniger Wirtschaftsgeld und weniger Personal auskommen.

Nanny war es, die nach dem Rechten sah und ihnen das Leben so angenehm wie möglich machte, was es ohne sie nicht gewesen wäre. Und Nanny liebte ihre »beiden Kinder«, wie sie immer sagte. Sie bedeuteten ihr alles, und es wäre ihr schwergefallen, ohne sie zu leben, ganz gleich wo.

Aber Harry war derjenige, der wirklich zählte. Obwohl Nanny über die Verwandlung von Queen's Hoo beglückt war und sie »ihr Baby« für ein Genie hielt, weil er etwas so Großartiges geleistet hatte, war sie doch der Meinung, daß er den Verwalterposten niemals hätte annehmen sollen.

Sie beklagte es, daß er in ihren Augen nur ein »Diener« Seiner Lordschaft war.

»Achte auf deine Worte, Nanny«, ermahnte sie Anthea. »Harry würde sehr ärgerlich, wenn jemand im Herrenhaus erfahren würde, daß er in Wirklichkeit Lord Colnbrooke ist. Er fürchtet, der Marquis könnte ihn entlassen oder ihn bitten, selbst zu kündigen.«

»Ich will Master Harry keinen Schaden zufügen«, antwortete Nanny. »Aber es ist eine Schande, daß er sein Erbgut verloren hat – den Platz, wo er einmal mit seiner Frau und seinen Kindern leben sollte.«

Anthea schwieg, weil sie darauf nichts zu erwidern wußte.

Nun ging sie vom Wohnzimmer in die Küche, wo Nanny sich ganz auf die Änderung des Kleides konzentrierte. Für Harry hätte Nanny alles getan, dachte Anthea.

Als Harry später vom Herrenhaus zurückkam, um sich für den Abend umzuziehen, sagte er: »Anthea, bitte vergiß nicht, daß du zuerst oben auf der Minstrels' Gallery spielen mußt. Sobald das Dessert serviert wird, gehst du hinunter zum Flügel, der neben der Bühne steht.«

Anthea nickte, und Harry fuhr fort: »Ich habe große Pflanzen aufstellen lassen. Sie bilden eine Art Trennwand, so daß du dahinter nicht gesehen werden kannst. Aber du selbst kannst die Köpfe der Mädchen sehen, wenn sie ihre langsamen Tänze vorführen. Du weißt dann, wann du mit dem Klavierspiel beginnen und wann du enden sollst. Es besteht kein Grund für dich, mehr zu sehen.«

Während er sprach, dachte er an die Aufführung der Mädchen. Anthea würde sie nicht verstehen. Außerdem sollte sie nicht wissen, daß die Tänzerinnen fast nackt oder nur mit Blumen geschmückt auftraten.

Anthea hatte jedoch gehört, daß die schöne Lady Hamilton mit ihren Posen sowohl den König und die Königin von Neapel als auch Lord Nelson entzückt hatte. Sie nahm an, daß die Balletteusen an diesem Abend ähnliche Tänze aufführen würden. Deshalb hatte sie vor, einschmeichelnde, romantische Musik zu spielen, so daß die Zuschauer in den Glauben versetzt würden, die jungen Göttinnen kämen direkt vom Olymp.

»Ich glaube, ich weiß genau, wie du es dir vorstellst, Harry«, sagte Anthea. »Also mache dir keine Sorgen um mich.«

»Aber ich mache mir Sorgen«, erwiderte Harry. »Ich kann mich nicht um dich kümmern, denn ich werde heute abend eine Menge mit den Kutschen der Gäste zu tun haben, die in den Ställen untergebracht werden müssen. Ich fürchte, der Stallmeister ist nicht der richtige Mann für den Posten. Denjenigen, den ich einstellen wollte, bekam ich nicht.«

»Ich bin sicher, es wird alles gutgehen. Der Marquis

kann nicht schon bei seinem ersten Besuch absolute Perfektion erwarten.«

»Doch, genau das tut er«, erwiderte Harry. »Als er heute ankam, war er so übel gelaunt, als wolle er unbedingt einen Makel finden.«

»Du täuschst dich. Das kann nicht sein. Was hat er gesagt?«

»Er sagte nichts. Er verhielt sich nur eigenartig«, antwortete Harry.

Plötzlich dachte Harry, daß es ein Fehler wäre, sich mit Anthea weiter über den Marquis zu unterhalten. Deshalb sagte er: »Gib dein Bestes, altes Mädchen, und wenn das Ganze ein Reinfall wird und ich gefeuert werde, dann sage ich dem Marquis, was ich von ihm halte, und das wird mir ein Vergnügen sein.«

»Das wirst du nicht tun! Du wirst höflich und freundlich zu ihm sein. Bitte verärgere ihn nicht. Es würde dir absolut nicht gefallen, wenn du Queen's Hoo und das ganze Anwesen nicht länger verwalten dürftest«, sagte Anthea.

Harry lächelte und erwiderte: »Du hast recht, Anthea. Ich bin sehr glücklich über meine Arbeit, selbst wenn ich vor einem Mann Kotau machen muß, der sich für den Herrn der Schöpfung hält.«

Harry ging zur Tür. Ehe er sie öffnete, sagte er: »Bevor ich es vergesse, bitte erinnere Nanny daran, daß sie vor den Dienstboten kein Wort darüber verlieren soll, wer du bist.«

»Nanny weiß das«, antwortete Anthea. »Kümmere dich nun um deine Arbeit und denke nicht mehr an uns.«

Bald nachdem Harry sie verlassen hatte, machte sich Anthea mit Nanny auf den Weg zum Herrenhaus.

Dower House lag am südlichen Ende des Parks. Ein

schöner Weg führte zwischen den Bäumen hindurch, so daß sie nicht die Auffahrt benutzen mußten. Die untergehende Sonne ließ die Buchen silbern leuchten, und die Schönheit des Himmels inspirierte Anthea zu zauberhaften Melodien.

Nanny zuliebe gingen sie sehr langsam, und als sie Queen's Hoo erreichten, betraten sie es durch den Kücheneingang.

Das Haus glich einem Bienenstock und unterschied sich sehr von den ruhigen Tagen, als sie noch hier gewohnt hatten. Niemand nahm Notiz von ihnen.

Sie gingen den mit Fliesen ausgelegten Korridor entlang und dann die Hintertreppe hinauf in den oberen Stock zum Zimmer der Haushälterin.

Harry hatte auch diesen Teil des Hauses renovieren und verschönern lassen. Hübsche Tapeten verzierten die Wände. Ein neues Sofa und bequeme Sessel standen um einen runden Tisch, an dem die Haushälterin mit dem Butler, den beiden wichtigsten Dienstmädchen und der Kammerzofe ihre Mahlzeiten einnahm.

Harry hatte Mrs. Andrews angestellt. Sie war eine tüchtige, erfahrene Frau. Nun begrüßte sie Anthea freundlich.

»Mr. Dalton hat Sie bereits angekündigt«, sagte sie. »Es tut mir sehr leid, daß Ihr armer Vater sich die Hand verletzt hat.«

»Ja, das ist wirklich Pech«, stimmte Anthea zu.

»Ich bin sicher, Sie werden ebensogut spielen wie er, meine Liebe«, sagte Mrs. Andrews. »Wenn Sie hinauf zur Galerie gehen – wie ich hörte, kennen Sie den Weg –, werde ich mich um Ihre Freundin kümmern, bis Sie wieder nach Hause gehen.«

»Ich danke Ihnen sehr«, antwortete Anthea lächelnd.

Sie legte ihren langen, samtenen Abendmantel über einen Stuhl. Auch er hatte einmal ihrer Mutter gehört.

Einen Augenblick betrachtete sich Anthea in einem Spiegel, der an der Wand hing.

Sie sah in ihrem weißen Kleid sehr hübsch aus. Da sie keinen Schmuck besaß, hatte Nanny eine blaue Samtschärpe um ihren Hals drapiert und diese mit einem Medaillon ihrer Mutter zusammengehalten. Es vervollkommnete ihr Kleid.

Aber als sich Anthea durch das Haar strich, dachte sie, daß niemand sie beachten würde, wenn Ballettänzerinnen im Haus weilten.

Sie verließ das Zimmer von Mrs. Andrews und ging die Treppe hinunter zur Anrichte. Direkt gegenüber, auf der anderen Seite des Korridors, lag der Bankettsaal. Daneben fand sie eine schmale Tür. Sie war kaum sichtbar und führte hinauf zur Minstrels' Gallery.

Diese eignete sich vorzüglich als Aussichtsposten. Anthea hatte als Kind oft heimlich von hier oben die Abendgesellschaften ihrer Mutter beobachtet. Sie schlich dann barfuß in ihrem Nachthemd die Treppe zur Galerie hinauf.

Die Balustrade war mit Efeublättern verziert, durch die Anthea verstohlen in den Bankettsaal hinunterblicken konnte. Wenn Musiker oben spielten, sahen die Gäste sie von unten nicht, aber sie hörten ihre Musik.

Als Anthea nun die Galerie betrat, war sie begeistert von dem Flügel. Harry hatte ihr erzählt, daß er erst heute früh in Queen's Hoo angekommen war.

Es war das neueste Modell. Er sah genauso aus, wie Mr. Meldosio ihn ihr beschrieben hatte. Aber eine Beschreibung zu bekommen war eines, ihn jedoch berühren zu dürfen, etwas völlig anderes.

Der Flügel war wesentlich größer und schöner, als sie ihn sich vorgestellt hatte, und sicherlich war es aufregend, auf ihm zu spielen.

Sie berührte vorsichtig mit den Fingern die Elfenbeintasten, als ob sie diese liebkosen wollte.

Doch dann wurde sie neugierig. Sie trat an den Rand der Balustrade und blickte von der Galerie hinunter in den Bankettsaal.

Er war wesentlich schöner als zuvor. Harry hatte die Wände tiefrot tapezieren lassen und Bilder aufgehängt, die Anthea noch niemals gesehen hatte.

Sie war sicher, daß ein Rubens über dem Kamin hing. Und sie vermutete, daß das Bild auf der anderen Seite ein Rembrandt war. Sie konnte es nicht ganz deutlich sehen.

Hinter dem Stuhl am Kopfende des Tisches hing ein van Dyck an der Wand. Es war vermutlich das Porträt eines Vorfahren des Marquis.

Der Tisch war nach der neuesten Mode gedeckt, die der Prinzregent eingeführt hatte. Es lag kein Tischtuch darauf, und das polierte Holz glänzte ebenso wie der goldene und silberne Tischschmuck.

Die goldenen Leuchter standen mit jeweils sechs Kerzen zu beiden Seiten auf dem Tisch, und in der Mitte prangte ein herrliches Schiff mit voller Besegelung. Anthea hätte es gern näher betrachtet.

Harry war mit dem Blumenschmuck sparsam umgegangen. Anthea wußte, daß die Orchideen aus London gebracht worden waren. Mehrere Gläser standen neben jedem Gedeck. Die Rückenlehnen der Stühle waren mit dem silbernen Wappen des Marquis verziert.

Zu ihrer Überraschung beobachtete Anthea, daß die Dienstboten ein Gedeck vom Tisch abräumten. Statt der vierundzwanzig Gäste, die Harry genannt worden waren, würden es jetzt nur dreiundzwanzig sein.

Anthea fragte sich, wer die fehlende Person wohl war. Sie dachte, der Marquis würde darüber nicht sehr erfreut sein, wenn seine Pläne durchkreuzt wurden.

Nachdenklich ging sie zum Flügel und setzte sich. Als sie zu spielen begann, ließ der herrliche Klang des Instrumentes sie alles vergessen, sogar den Marquis.

3. Kapitel

Harry beauftragte einen Dienstboten damit, Anthea daran zu erinnern, daß sie hinunter zur Bühne gehen sollte, sobald das Dessert serviert wurde.

Und es war gut, daß er dies getan hatte, denn Anthea war ganz in ihr Spiel vertieft und vergaß alles um sich herum.

Sie erschrak, als der Diener in der Livree des Marquis neben sie trat und leise sagte: »Wir servieren nun das Dessert, Miss.«

Es war unglaublich, aber sie hatte alles, was unten im Bankettsaal vorging, während des Spiels vergessen.

Nun, als sie die Finger von den Tasten nahm, hörte sie das Lachen und das Stimmengewirr der Gäste.

Sie lächelte den Diener an und nickte, um ihm zu zeigen, daß sie verstanden hatte. Er verließ leise die Galerie.

Anthea stand auf. Weil sie neugierig war, trat sie an die Balustrade und blickte vorsichtig hinunter.

Auf dem Tisch brannten die Kerzen in den Leuchtern, und die Gäste boten ein Bild, das nicht schöner hätte sein können.

Am Kopfende des Tisches saß der Marquis, und er sah genauso aus, wie sie ihn sich vorgestellt hatte. Er thronte auf einem Stuhl mit hoher Rückenlehne und beobachtete seine Gäste, die sich angeregt unterhielten, mit einem gewissen Zynismus.

Anthea fiel auf, daß er sich grundlegend von seinen Gästen unterschied und anders war, als jeder Mann, den sie bisher kennengelernt hatte.

Weil sie von ihm gefesselt war, fiel es ihr schwer wegzublicken.

Doch dann sagte sie sich, daß sie unten erwartet wurde. Sie warf noch rasch einen Blick auf die Damen, die am Tisch saßen. Schockiert stellte sie fest, wie unanständig tief ihre Kleider ausgeschnitten waren. Niemals hätte sie gedacht, daß Frauen sich in Gegenwart von Männern so unschicklich kleiden würden.

Doch dann sagte sie sich, daß es ihr vermutlich nur deshalb so anstößig vorkam, weil sie die Frauen von einem anderen Blickwinkel aus betrachtete. Sie sah sie von oben, während die Herren direkt neben ihnen saßen.

Trotzdem hätte ihre Mutter diese Kleider mißbilligt. Sicherlich waren die Tänzerinnen auch stark geschminkt und gepudert, selbst wenn sie nicht auftraten.

Ich darf nicht so kritisch sein, dachte Anthea, als sie die schmale Eichentreppe zum Flur hinunterging. Vor allem durfte sie Harry gegenüber nichts erwähnen. Er hatte ihr eingeschärft, daß sie sich nur auf ihr Klavierspiel konzentrieren sollte und sowohl den Marquis als auch dessen Freunde ignorieren mußte.

Zu ihrer Freude fand sie unten den gleichen Flügel vor, wie oben auf der Galerie. Sie setzte sich auf den Klavierhocker und dachte an den Marquis.

Obwohl sie ihn nur aus der Ferne gesehen hatte, fand sie seinen Namen passend. Charlie hatte ihr lachend erzählt, daß sein Spitzname »Adler« war.

»Er sieht so aus, und er benimmt sich auch so«, hatte er gesagt. »Der Adler ist der König aller Vögel.«

»Das Wort ›Adler‹ ist auch ein Teil seines Namens, nicht wahr?« hatte Anthea gefragt.

»Ja, und man erzählt sich viele Geschichten über ihn. Sein Haar soll bei seiner Geburt ungewöhnlich schwarz gewesen sein. Jemand habe zu seinem Vater gesagt, er würde wie ein kleiner Adler aussehen. Der Marquis of Eaglescliffe hatte gelacht und erklärt, das wäre absolut passend. Seit damals rief er seinen Sohn häufig ›Adler‹.«

»Und du meinst, er verhält sich auch wie ein Adler?« hatte Anthea gefragt.

»Ja, wie ein grimmiger, aggressiver, gefährlicher Adler«, hatte Charlie lachend geantwortet.

Später erfuhr Anthea von Harry, daß der Spitzname auch in der Öffentlichkeit benutzt wurde. Wenn die Pferde des Marquis auf der Rennbahn von Sieg zu Sieg liefen, rief die Menge: »Adler! Adler!«

Und diejenigen, die auf den Favoriten gesetzt hatten und dadurch viel Geld gewannen, applaudierten.

Als Anthea nun die Finger über die Tasten gleiten ließ, dachte sie, daß er tatsächlich einem Adler ähnelte. Sie hätte ihn gern kennengelernt.

Dann mußte sie daran denken, wie ärgerlich Harry über diese Vorstellung wäre, und sie konzentrierte sich darauf, einfühlsame, romantische Musik zu spielen, von der sie hoffte, sie würde zu den Tänzen der Mädchen auf der Bühne passen.

Wie Harry es angekündigt hatte, saß sie hinter einer Trennwand verborgen, und es war ihr unmöglich das Geschehen auf der Bühne zu beobachten.

Sie würde nur die Köpfe der Mädchen sehen. Die erste Tänzerin wurde mit stürmischem Applaus empfangen.

Das Mädchen hob die Arme hoch über den Kopf. Es gelang Anthea nicht, mehr von der Balletteuse zu sehen.

Als stürmisch Beifall geklatscht wurde, nahm Anthea an, daß sie ihren Auftritt beendet hatte.

Ein anderes Mädchen betrat die Bühne. Ihre Darbietung fand so viel Anerkennung, daß nicht nur geklatscht, sondern auch laut »Bravo!« gerufen wurde.

Anthea fragte sich, ob der Marquis auch applaudierte. Dann sagte sie sich, daß er vermutlich nur zynisch aussah. Er würde niemals zeigen, was er dachte oder fühlte, selbst wenn er die Aufführung gut fand.

Anthea bedauerte Harry, daß er für einen so schwierigen Mann arbeiten mußte. Jeder andere wäre begeistert darüber, was ihr Bruder aus Queen's Hoo gemacht hatte.

Sie haßte den Marquis. Aber im Grunde war es ungerecht von ihr, denn er hatte viel Geld für das Haus, das ganze Anwesen und alles, was Harry vorschlug, bezahlt. Sie sollte ihm sehr dankbar sein, sagte sie sich, denn er hatte viel für sie alle getan.

Sie hatten nun keine Schulden mehr, die sie sonst ihr Leben lang belastet hätten, da sie kaum eine Möglichkeit gehabt hätten, sie rasch zurückzuzahlen. Der Marquis hatte sie nicht nur von allen finanziellen Sorgen befreit, sondern er hatte es ihnen auch ermöglicht, Dower House renovieren zu lassen. Sie lebten jetzt besser und komfortabler als seit Jahren.

Ein weiteres Mädchen betrat die Bühne. Anthea hörte ein Raunen. Dann gab es Gelächter und begeisterten Applaus. Lobende, schmeichelnde Worte wurden gerufen, aber Anthea konnte sie nicht verstehen.

Das dritte Mädchen beendete ihren Tanz, und dann traten die drei Tänzerinnen gemeinsam auf.

Anthea sah ihre Köpfe dicht beisammen, und sie hätte ihnen gern zugesehen.

Der Beifall war nun überwältigend; wieder hörte Anthea Bravo-Rufe, und es gab langen, stürmischen Applaus, als die Mädchen von der Bühne gingen.

Anthea spielte weiter, bis sie hörte, daß die Damen den Bankettsaal verließen.

Sie nahm an, daß die Herren nun näher zusammenrükken und ihren Portwein trinken würden, der ihnen von Bediensteten gereicht wurde. Sie hatte dies oft als Kind von der Galerie aus beobachtet, wenn ihre Eltern im Bankettsaal ein Fest gaben.

Nach dem Tod ihrer Mutter hatte ihr Vater seine Freunde nur noch einmal zu sich eingeladen. Es hatte ihr und Nanny große Mühe gemacht, das Dinner zuzubereiten, denn damals hatten sie nur noch wenig Personal.

Deshalb wußte Anthea, wie in einem Herrenhaus alles zubereitet und serviert werden mußte, wie Nanny es nannte. Und sie wußte auch, daß die Gäste über den Abend reden würden, sobald sie den Bankettsaal verlassen hatten.

Als Anthea das Musikstück beendet hatte, betrachtete sie den Flügel und sagte sich, daß sie alles darum geben würde, ein so herrliches Instrument besitzen zu dürfen.

In diesem Augenblick trat ein Dienstbote neben sie, und als sie ihn fragend ansah, sagte er: »Seine Lordschaft wünscht, daß Sie im Salon spielen.«

»Ich… im Salon?« stammelte Anthea erschrocken.

»Ja, Miss. Ich zeige Ihnen den Weg.«

»Nein, nein… ich kann nicht… Bitte seien Sie so freundlich… und sagen Sie Seiner Lordschaft, daß ich… bereits… nach Hause gegangen bin.«

Der Diener sah sie irritiert an.

Und Anthea sagte rasch: »Bitte sagen Sie ihm, ich wäre schon fort.«

»Aber das wäre gelogen, nicht wahr?« sagte jemand hinter ihr.

Anthea zuckte zusammen, als sie sah, daß es der Marquis war, der unbemerkt hinter die Bühne gekommen war. Nun stand er neben dem Flügel und überragte sie.

Anthea mußte daran denken, wie sehr sein Spitzname zu ihm paßte. Niemals hätte sie gedacht, daß das Haar und die Augen eines Mannes so schwarz sein könnten. Er hatte eine Adlernase und sah außerordentlich stattlich aus.

Der Diener zog sich sofort zurück.

Anthea stand auf. Es fiel ihr im Moment schwer, klar zu denken.

Überrascht sah der Marquis sie an, denn er hatte angenommen, Mr. Meldosio hier anzutreffen.

»Mir wurde gesagt, ein Mann namens Meldosio würde heute abend für mich musizieren«, sagte der Marquis und musterte Anthea von Kopf bis Fuß.

Anthea gelang es nur mit Mühe zu antworten: »So war es auch geplant, Mylord. Aber… er hat sich bei einem Unfall… die Hand verletzt… Deshalb mußte ich ihn vertreten.«

»Wer sind Sie? Und wie heißen Sie?«

»A… Anthea… Meldosio.«

Es entstand eine Pause. Anthea war verlegen, weil sie sich als Mr. Meldosios Tochter ausgab.

»Ich gratuliere Ihnen. Sie haben großartig gespielt, Miss Meldosio«, sagte der Marquis. »Ich hätte nie gedacht, daß eine Frau so einfühlsam musizieren kann.«

»Ich… ich freue mich, daß es Ihnen gefallen hat, Mylord«, sagte Anthea zögernd. »Aber… ich fürchte… nun muß ich nach Hause gehen.«

»Gerade dies möchte ich verhindern«, erwiderte der Marquis. »Ich bin überzeugt davon, daß Ihre Musik viel zum Erfolg dieses Abends beigetragen hat. Bitte spielen Sie weiter im Salon.«

»Nein, nein… es tut mir leid… aber das darf ich nicht…«

Als Anthea zu dem Marquis aufblickte, erstarben ihr die Worte auf den Lippen.

Plötzlich schoß es ihr durch den Kopf, daß Harry es vielleicht büßen müßte, wenn sie sich weigerte.

Harry würde mit Sicherheit zur Rede gestellt werden, denn wie er ihr schon mehrmals gesagt hatte, wollte der Marquis immer seine Wünsche erfüllt sehen.

Anthea blickte ihn an, und als ob er ihr seinen Willen aufzwang, sagte sie leise: »Muß… ich wirklich im Salon spielen?«

»Ja, ich wünsche es«, antwortete der Marquis kurz. »Und da ich annehme, daß Sie nicht gesehen werden wollen, schlage ich vor, Sie gehen jetzt sofort hinüber, während die Damen noch oben und die Herren hier im Bankettsaal sind.«

Anthea holte tief Luft. Aber da sie auf seine Worte nichts zu erwidern wußte, nahm sie ihr Taschentuch, das sie auf den Flügel neben die Tasten gelegt hatte und ging wortlos durch die schmale Tür, die sie auch benutzt hatte, als sie von der Galerie heruntergekommen war.

Weil sie sich vor dem Marquis fürchtete, aber auch vor Harry, der sehr wütend geworden wäre, wenn er gewußt hätte, was sie tat, lief sie rasch den Korridor entlang, dann in die Halle und von dort in den großen Salon.

Als sie eintrat, waren nur zwei Diener im Raum. Sie schoben die Spieltische zurecht.

Der Flügel stand am Ende des Raums in einem Alkoven vor dem großen Fenster, von dem aus man in den Rosengarten blicken konnte.

Da Anthea von den Gästen nicht gesehen werden wollte, sagte sie zu einem Diener: »Würden Sie bitte den Flügel für mich ein wenig zur Seite drehen. Seine Lordschaft wünscht, daß ich heute abend musiziere, aber ich würde gern das Fenster im Rücken haben.«

»Selbstverständlich, Miss«, antwortete der Diener.

Die beiden Männer schoben das Instrument so hin, wie sie es wünschte, und sie öffneten den Flügel auch, so daß sie dahinter verborgen war.

Plötzlich kam ihr eine Idee. Als sie den Salon betreten hatte, war ihr der reiche Blumenschmuck aufgefallen. Zu beiden Seiten des Kamins standen zwei große chinesische Vasen mit weißem Flieder.

Eigentlich waren die Vasen zu wertvoll, um Blumen hineinzustellen, aber das war im Augenblick nicht ihr Problem.

Sie bat die Diener, die beiden Vasen neben den Flügel zu stellen. Sie würden einen zusätzlichen Sichtschutz bilden, wenn sie vor dem Instrument saß.

Die Diener hatten gerade ihre Bitte erfüllt, als die Salontür aufging und zwei Damen den Raum betraten.

Ihre Stimmen waren laut und gewöhnlich. Ihre Mutter hätte sie ordinär genannt.

Anthea hörte die eine Frau sagen: »Er fragte mich: Dolly, wie kann ich dich Shelgrave abspenstig machen. Ich verspreche dir schnellere Pferde und eine tollere Kutsche, als er sie dir bieten kann.«

»Und was hast du darauf geantwortet?« fragte die andere Frau.

»Ich sagte ihm, das ist zu wenig, Mylord. Was bieten Sie mehr? Und er antwortete: Was hältst du von einem hübschen Armband für dein entzückendes Händchen?

Ich sah ihn dreist an und erwiderte: Das kommt ganz darauf an, wie es aussieht.«

Die andere Frau lachte und sagte: »Das war sehr schlagfertig von dir, Dolly.«

»Das dachte ich auch. Und als er erklärte: Was hältst du von einem Diamantarmband? Würde dir das gefallen? meinte ich: Dann lege gleich noch ein Kollier dazu, und ich bin die deine!«

Sie lachten schallend.

Anthea fand, daß dies eine ungewöhnliche Unterhaltung zwischen zwei Frauen war.

Sie fragte sich, ob dieser Kavalier Dolly möglicherweise die Heirat versprochen hatte. Dann sagte sie sich, daß diese Herren niemals Schauspielerinnen oder Tänzerinnen heiraten würden. Die ganze Diskussion war ihr unverständlich.

Aber eines war sicher, der Herr war vermutlich sehr reich. Und noch in einem anderen Punkt war sie sicher: Harry wäre niemals in der Lage, einer Schauspielerin Diamanten, rasante Pferde und eine Kutsche zu schenken.

Dank des Verkaufs von Queen's Hoo ging es ihnen zwar besser als jemals zuvor, aber wie Nanny immer sagte, konnten sie nicht »mit dem Geld um sich schmeißen«, denn es würde nicht ewig reichen.

Als ob Anthea seine Mutter und nicht seine Schwester wäre, machte sie sich um Harry Sorgen und hoffte, daß er nicht auf so ausgefallene Ideen kam, nachdem er nun für den Marquis arbeitete.

Die Gewißheit, nun in der Lage zu sein, viel Geld für die Renovierung des Hauses, der Ställe und Hütten im Dorf ausgeben zu können, die in den letzten Jahren heruntergekommen waren, befriedigte ihn.

Gleichzeitig hatte Anthea bemerkt, daß die Instandsetzung von Dower House Harry viel Geld gekostet hatte.

Wir müssen sparsamer sein, sagte sie sich.

Dann überlegte sie, was das Fest des Marquis wohl kostete, die Speisen, Getränke und der Blumenschmuck die aus London gekommen waren, und natürlich die drei Instrumente.

Und sie fragte sich, ob sie wohl jemals wieder Gelegenheit haben würde, auf ihnen zu spielen. Vielleicht könnte sie sich ins Herrenhaus schleichen, wenn der Marquis nicht anwesend war, und oben auf der Galerie spielen.

Aber dann sagte sie sich, daß dieser Gedanke absurd war, denn das würde sie niemals tun.

Sie hörte die tiefen Stimmen der Männer, als diese den Salon betraten. Sie gingen zu den Frauen hinüber, und alle setzten sich an die Spieltische.

Bald hörte Anthea laute Freudenschreie, wenn die Frauen gewannen. Während sie Klavier spielte, dachte sie, wie wenig sie doch über Glücksspiele wußte.

Sie hatte davon gehört, daß sie in London sehr beliebt waren, und dies nicht nur unter Lebemännern und Stutzern, sondern auch in der besten Gesellschaft und in den Häusern berühmter Gastgeberinnen, die selbst oft besessene Spielerinnen waren.

Ich habe so viele andere Interessen und werde niemals Karten spielen, dachte Anthea.

Deshalb musizierte sie nun für die Anwesenden und erzählte ihnen von der Schönheit der Wälder, der Blumen und der Vögel, die sie am Morgen weckten und vor ihrem Schlafzimmerfenster zwitscherten.

Sie erzählte ihnen ihre eigenen Geschichten, die so sehr ein Teil ihres Lebens waren, daß sie manchmal glaubte, sie hätten sich wirklich zugetragen.

Sie drückte in ihrer Musik das aus, was sie empfand,

wenn sie früh morgens ausritt, der Tau auf den Wiesen lag und sie das Rauschen der Bäume hörte.

Sie erzählte ihnen vom ersten Stern, der am Himmel erschien, wenn die Sonne hinter den Eichen im Park unterging, und von dem Gesang der Nachtigall, die von Baum zu Baum flog.

Jede Melodie, die sie spielte, war eine neue Geschichte über das, was sie gehört und gesehen hatte.

Als sie nach einer Weile die Augen öffnete, sah sie den Marquis neben sich stehen. Er lehnte sich an den Flügel. Weil sie ihn völlig vergessen hatte, blickte sie ihn einen Augenblick überrascht an.

Als sie ihre Hände von den Tasten nahm, sagte er mit seiner tiefen Stimme: »Wer hat Ihnen beigebracht, so zu spielen?«

»Ich glaube... ich habe es mir selbst beigebracht«, erwiderte Anthea.

»Sie spielen Ihre eigenen Kompositionen?«

Sie lächelte ihn so an, als ob er eine törichte Frage gestellt hätte. Dann sagte sie: »Es ist die Musik, die ich höre, wenn ich durch die Wälder reite oder in der Dunkelheit der Nacht wachliege... immer, wenn ich... allein bin.«

»Das dachte ich mir«, sagte er.

Sie war über seine Antwort überrascht und stand auf. Da sah sie, daß der Salon leer war.

»Meine Gäste sind alle schlafen gegangen«, erklärte der Marquis.

»Dann kann auch ich nach Hause gehen«, sagte Anthea.

»Zuerst möchte ich Ihnen noch etwas zeigen«, erwiderte der Marquis. »Kommen Sie bitte mit.«

Er nahm sie an der Hand und zog sie vom Flügel weg.

Aber da sich ihr erst jetzt die Gelegenheit bot, den Salon

genauer zu betrachten, wollte sie die neuen Bilder an den Wänden ansehen und auch das goldene Blattwerk, das den Sims und die Zimmerdecke zierte, die fachmännisch restauriert worden waren.

Harry war es mit viel Glück gelungen, Handwerker aufzutreiben, die Experten auf ihrem Gebiet waren.

Aber der Marquis ließ ihr keine Zeit, sondern führte sie zielstrebig aus dem Zimmer, und Anthea war unfähig, sich seinem Willen zu widersetzen.

Sie gingen durch die Halle und die breite Treppe hinauf, die sie schon als Kind geliebt hatte. Das alte Eichenholz war auf Hochglanz poliert und glänzte wie nie zuvor. Sie erreichten den ersten Stock, wo die Schlafzimmer lagen, die ihr alle vertraut waren.

Der Marquis ging an ihnen vorbei und den Korridor entlang. Anthea fragte sich, was er ihr zeigen wollte. Sie hoffte, es würde nicht zu lange dauern, denn Nanny wartete im Zimmer der Haushälterin auf sie, um mit ihr nach Hause zu gehen.

Der Marquis öffnete die Tür, die zum ehemaligen Schlafzimmer ihres Vaters führte.

Harry hatte sich besonders große Mühe gegeben, es wieder so instand zu setzen, wie es vor vielen Jahren einmal ausgesehen hatte, als Queen's Hoo erbaut worden war.

Ein Leuchter mit drei Kerzen stand neben dem geschnitzten Eichenbett. Obwohl es Harry zuwider war, verkaufte er es dem Marquis mit zwei weiteren Prunkbetten, die zu groß waren, um in Dower House aufgestellt werden zu können.

Das Bett ihres Vaters war das prachtvollste und zweifellos größte im ganzen Haus. Es hatte in den letzten Jahren mit den zerschlissenen Seidenvorhängen erbärmlich und schäbig ausgesehen. Als Anthea nun einen Blick darauf warf, stellte sie fest, daß es so makellos war wie der Marquis selbst.

Harry hatte das Bett mit karmesinroten Vorhängen aus dem teuersten Samt, den er finden konnte, ausstaffieren lassen.

Die Fenstervorhänge waren aus dem gleichen Stoff. Auf dem Fußboden lag ein dicker persischer Teppich in der gleichen Farbe. Und an den Wänden hingen neue Bilder, die alle dem Marquis gehörten. Lilien standen in riesigen Vasen, die sie niemals zuvor in diesem Zimmer gesehen hatte.

Alles sah im Licht der Kerzen erlesen aus. Anthea stand schweigend da und bewunderte die Veränderung des Raumes, den sie seit ihrer Kindheit kannte.

Der Marquis erwartete, daß sie etwas Lobenswertes äußerte. Deshalb sagte sie: »Es ist prachtvoll... und sehr... sehr schön.«

»So wie Sie«, erwiderte er.

Da sie über sein Kompliment überrascht war, drehte sie sich zu ihm um, und als sie das tat, schlang er seine Arme um sie.

»Sie sind schön, und Ihre Musik hat mich verzaubert und entzückt«, sagte der Marquis.

Weil Anthea nicht glauben konnte, was geschah, sah sie ihn nur hilflos an.

»Warum sollen wir in Worte fassen, was wir beide fühlen, wenn es einen so viel einfacheren Weg gibt, es auszudrücken«, sagte er.

Er preßte seine Lippen auf ihren Mund.

Als sein Kuß leidenschaftlich und fordernd wurde, sagte sie sich, daß sie ihm Einhalt gebieten mußte, daß er sie nicht küssen durfte.

Aber er hielt sie so fest, daß sie sich weder von ihm befreien, noch ihren Mund von dem seinen lösen konnte.

Sie war zu überwältigt, um klar denken zu können. Sie wollte sich wehren, aber er hinderte sie daran. Hilflos dachte sie, sie würde ohnmächtig vor Angst. Er war so überwältigend, daß sie ihre Identität verlor und nicht mehr sie selbst war.

Seine Küsse wurden noch leidenschaftlicher, besitzergreifender, und ihr kam der merkwürdige Gedanke, daß er von ihr entzückt sein mußte.

Es war unbegreiflich, daß sie von einem Mann geküßt wurde, den sie niemals zuvor gesehen hatte, an den sie aber seit Monaten Tag für Tag gedacht hatte.

Als sich seine Lippen ein wenig von den ihren lösten, durchströmte sie ein fremdartiges, beängstigendes Gefühl.

Es gelang ihr, eine Hand freizubekommen und ihn von sich zu stoßen. Dabei berührte seine Hand ihre Brust. Panikartig warf sie ihren Kopf zur Seite.

»Nein!... Nein... bitte küssen Sie mich nicht!«

Sie rang nach Luft, ihre Stimme klang fremd und undeutlich.

»Ich habe dich geküßt, und ich werde dich wieder küssen«, sagte er mit seiner tiefen Stimme.

»Nein! Nein... das dürfen Sie nicht!«

»Warum nicht?« fragte er. »Du bist anbetungswürdig, Anthea. Ich verspreche dir alles, was du willst, wenn du mir deine Musik schenkst, die eine unaussprechliche Freude für mich ist, ein unerwartetes Geschenk. Und ich werde dich die Liebe lehren, von der du wenig weißt, wie ich vermute.«

Er zog sie an sich.

Weil Anthea sich so sehr vor ihm fürchtete, sprach sie

rasch ein Gebet und flehte ihre Mutter an, ihr beizustehen und zu helfen.

Als ob ihre Mutter plötzlich neben ihr stünde, wußte Anthea, was sie nun tun mußte.

Mit kaum hörbarer Stimme sagte sie: »Kann ich bitte… etwas zu trinken bekommen? Ich bin sehr… durstig.«

Der Marquis lachte.

»Aber selbstverständlich«, sagte er. »Du hast viele Stunden lang gespielt, und es war sehr nachlässig von mir, dir keine Erfrischungen anzubieten.«

Er ließ sie los, während er sprach, und ging hinüber zu einer Verbindungstür, die in das ehemalige Boudoir ihrer Mutter führte.

Nachdem er das Boudoir betreten hatte, lief Anthea leise zum Kamin hinüber. Sie strich mit zitternden Fingern über die Wandtäfelung auf der rechten Seite.

Einen Augenblick lang konnte sie den Knopf nicht finden, um die Tür zu öffnen, die in den Geheimgang führte, in dem sie so oft als Kinder gespielt hatten.

Als sie das Klirren der Gläser im Nachbarzimmer hörte, öffnete sich glücklicherweise die Geheimtür in der Wandtäfelung, und Anthea schlüpfte hindurch. Lautlos schloß sich die Tür hinter ihr. Ein paar Sekunden später hörte Anthea, wie der Marquis, vermutlich mit Champagnergläsern, in das Schlafzimmer zurückkam.

Er rief: »Wo versteckst du dich, Anthea? Ich verspreche dir, ich werde dich finden! Du entkommst mir nicht!«

Anthea rührte sich nicht von der Stelle und stand ganz still.

Sie wußte nur zu gut, daß die alten Dielen in diesem Teil des Durchgangs morsch und alt waren und knarrten, wenn man sie betrat. Der Marquis würde sofort wissen, wo sie sich befand. Und da er intelligent war, würde er den versteckten Türknopf auch finden.

Anthea hörte den Marquis zum Fenster gehen und die Vorhänge zurückziehen. Er öffnete die Tür zum Badezimmer, das bis vor kurzem die Toilette gewesen war.

Dann ging er auf die andere Seite des Raumes, zur Tür, die zum Korridor hinausführte. Anthea hörte ihn den Schlüssel im Schloß umdrehen. Sie hatte nicht bemerkt, daß er die Tür hinter sich abgeschlossen hatte, nachdem sie in das Zimmer gekommen waren.

Ihr Herz schlug wie wild vor Angst, aber sie blieb trotzdem stehen, wo sie war, und rührte sich nicht vom Fleck.

Da sie annahm, daß der Marquis nun die Klingelschnur zog und wartend neben dem Bett stand, durfte sie sich auf keinen Fall bewegen.

Ein paar Augenblicke später hörte sie, wie an die Schlafzimmertür geklopft wurde. Der Marquis drehte den Schlüssel im Schloß um.

»Möchten Sie zu Bett gehen, Mylord?« fragte jemand freundlich.

»Gibt es noch eine andere Tür, die aus diesem Raum hinausführt, Haynes?« fragte der Marquis.

»Nein, Mylord, meines Wissens nicht, es sei denn, Sie gehen durch das Boudoir.«

»Das dachte ich auch«, antwortete der Marquis.

Er sagte nichts mehr, und Anthea nahm an, daß er sich nun auskleidete, um schlafen zu gehen.

Wenn er im Badezimmer war, wollte sie sich fortschleichen. Aber als er im Bad war, hörte sie Haynes in seinem Schlafzimmer hantieren und hin und her gehen. Sie mußte geduldig warten, obwohl sie gern davongelaufen wäre.

In dem Geheimgang war es dunkel und stickig. Da sie

jeden Zentimeter kannte, fürchtete sie sich nicht, außer davor, daß der Marquis sie hören könnte.

Es dauerte lange, bis Haynes endlich sagte: »Gute Nacht, Mylord. Ich werde Sie morgen früh wie gewöhnlich um acht Uhr wecken.«

»Gute Nacht, Haynes.«

Anthea nahm an, daß der Marquis nun im Bett lag.

Doch sie blieb ruhig stehen und wartete noch.

Erst als sie ganz sicher war, daß er nun schlief und nicht mehr auf irgendwelche Geräusche achtete, zog sie ihre Schuhe aus und schlich leise, Schritt für Schritt, von der Tür weg.

Der Geheimgang führte durch den Vorderteil des Hauses. Es war nicht einfach, ihn bei Nacht zu begehen. Als sie an den Fenstern vorbeikam, mußte sie mehrere Stufen hinabgehen und aufpassen, daß sie sich nicht den Kopf anschlug, wenn sie die Stufen auf der anderen Seite hinaufstieg, um wieder in den Gang zu gelangen.

Anthea ertastete sich vorsichtig mit den Händen den Weg. Nach einiger Zeit wollte sie durch eines der Schlafzimmer hinaus in den Korridor gelangen.

Ihr Vater war der Meinung gewesen, daß dieser Teil des Hauses vermutlich aus der Regierungszeit Königin Elizabeths stammte und für die Jesuiten gebaut worden war, als diese beim damaligen Lord Colnbrooke Zuflucht suchten und von Queen's Hoo aus über den Kanal in die Freiheit entkamen.

Aber im Augenblick interessierte sich Anthea nicht für die Geschichte des Hauses. Sie mußte achtgeben, daß sie keines der Schlafzimmer betrat, das belegt war.

Als sie am Zimmer Charles II. vorbeikam, hörte sie, wie eine Frau mit schriller, vulgärer Stimme rief: »Du willst, daß ich ihn töte?«

»Selbstverständlich!« antwortete eine Männerstimme. »Ich verliere viel Geld, wenn er bis Mittwoch nicht tot ist! Und wenn ich nicht aufpasse, lande ich noch im Gefängnis!«

»Wie konntest du so töricht sein und dich in eine solch prekäre Lage bringen?« fragte die Frau.

»Es hat keinen Zweck, jetzt darüber zu streiten«, antwortete der Mann. »Milly, du gehst jetzt sofort in sein Zimmer und erzählst dem Marquis, du könntest den Gedanken nicht ertragen, daß er der einzige ist, der heute abend keinen Spaß hatte. Sage ihm, ich sei betrunken und kann dich nicht gebrauchen. Und dann zeige ihm, was er von dir erwartet.«

Er lachte ordinär und fuhr dann fort: »Es ist nicht schwer zu erraten, was Eaglescliffe anregt und interessiert.«

»Aber angenommen, er interessiert sich nicht für mich?« fragte die Frau.

»Dann bringe ihn dazu! Und wenn er schläft, töte ihn!«

»Wie soll ich das anstellen? Einfach so mit meinen Fingernägeln?«

»Mache keine Witze, Milly! Es ist mein Ernst. Drüben auf dem Ankleidetisch liegt ein dünnes Stilett. Es stammt aus Italien und ist das beste, was ich je in der Hand hatte. Wenn du es ihm an der richtigen Stelle ins Herz stößt, stirbt er sofort. Es hinterläßt nur einen kleinen Einstich.«

»Du verlangst viel von mir«, sagte Milly mürrisch.

»Hör zu, Herzchen, du weißt, wie wichtig es für mich ist. Wenn mein Pferd beim Rennen gewinnt, und das wird es, wenn Eaglescliffe ausgeschaltet ist, dann geht es uns beiden gut. Und ich schwöre dir, ich werde dich danach nie mehr bitten, mir zu helfen.«

»Ich bin verrückt, aber ich glaube, ich muß es tun«, sagte Milly.

»Du weißt, was wir füreinander bedeuten. Deshalb kannst du mir keine Bitte abschlagen.«

»Schon gut, schon gut«, sagte sie. »Aber so etwas hätte ich früher niemals getan. Angenommen, man erwischt mich oder verdächtigt mich?«

»Dich wird niemand verdächtigen, denn Eaglescliffe wird vor morgen früh nicht gefunden werden. Und wie ich schon sagte, niemand wird darauf kommen, daß es ein Mord war, wenn du das Stilett zurückbringst. Außerdem haben wir beide ein perfektes Alibi. Wir waren hier zusammen!«

»Vermutlich hast du recht, aber es gefällt mir trotzdem nicht.« Sie seufzte.

»Mir gefällt es auch nicht. Wir haben jedoch keine andere Wahl, es sei denn, ich schieße mir eine Kugel durch den Kopf.«

»Nein, nein! Das wirst du nicht tun!« rief Milly. »Ich will dich nicht verlieren!«

»Dann töte ihn und komme so schnell wie möglich zu mir zurück. Wenn dies nicht getan werden müßte, wäre ich verdammt eifersüchtig.«

»Du brauchst auf niemanden eifersüchtig zu sein«, sagte Milly. »Es ist nur... ich fürchte mich so sehr vor dem, worum du mich bittest.«

»Ich schwöre dir, es wird alles glattgehen. Wickele das Stilett in ein Taschentuch und schiebe es in die Tasche deines Negligés. Bevor du dich zu ihm ins Bett legst, ziehe es aus. Dann warte, bis er schläft, und erstich ihn!«

Der Mann kicherte, als er hinzufügte: »Niemand weiß besser als du, Milly, wie man einen Mann müde macht.«

»Schon in Ordnung, du hast gewonnen«, antwortete Milly. »Küsse mich, bevor ich gehe!«

Erst jetzt begriff Anthea die Tragweite dessen, was sie

mitangehört hatte. Wie war es möglich, daß jemand den Marquis auf eine so gemeine Art und Weise umbringen wollte?

Sie war schockiert. Aber sie sagte sich, daß sie das alles nichts anging und sie so rasch wie möglich Queen's Hoo verlassen mußte.

Dann dachte sie, daß sie den Mord niemals geschehen lassen durfte. Was immer sie auch über den Marquis und seine Handlungsweise dachte, er durfte nicht ermordet werden.

Auch ihr Vater hätte diese Tat verurteilt. Und wenn der Marquis starb, würde ein anderer, vielleicht noch unangenehmerer Mann in Queen's Hoo einziehen.

Sie mußte nicht nur das Leben des Marquis retten. Sie dachte auch an Harry, seinen Arbeitsplatz und die Menschen, denen sie nun helfen konnten. Ihnen würde es unter einem neuen Besitzer vielleicht wesentlich schlechter gehen.

Anthea stellte die Schuhe auf dem Fußboden ab und lief, so schnell sie konnte, den Geheimgang zurück. Nun nahm sie keine Rücksicht darauf, ob jemand sie hörte.

Sie hatte nur den einen Wunsch, den Marquis so rasch wie möglich vor Milly zu warnen, ehe diese sein Zimmer betrat und ihn tötete.

Als sie die Geheimtür erreichte, war sie atemlos. Sie war erst vor zwanzig Minuten aus seinem Zimmer geflohen und hatte gehofft, alle Scherereien hinter sich zu lassen.

Ihr Herz schlug wie wild, und ihre Hände zitterten, als sie nach dem Türgriff suchte. Die Tür öffnete sich einen Spalt, und Anthea sah, daß das Zimmer in völliger Dunkelheit lag, so wie sie es erwartet hatte. Aber da die Vorhänge nicht zugezogen waren, fiel etwas Licht von draußen herein.

Anthea holte tief Luft und sagte dann energisch: »Mylord, wachen Sie auf!«

Sie hörte, wie er sich bewegte. Deshalb sagte sie eindringlich: »Bitte hören Sie mir zu! Es ist sehr wichtig…«

»Was ist los? Wer sind Sie?« unterbrach sie der Marquis.

»Wir haben jetzt keine Zeit, darüber zu sprechen«, erwiderte Anthea. »Gleich wird eine Frau versuchen, Ihr Schlafzimmer zu betreten. Sie ist schon auf dem Weg hierher. Sie will Sie… umbringen! Sie hat ein Stilett bei sich. Bitte schließen Sie sofort die Schlafzimmertür ab und lassen Sie sie um Himmels willen nicht herein.«

»Was um alles in der Welt erzählen Sie da? Was geht hier vor?« fragte der Marquis.

Anthea wußte, daß er nun hellwach war. Er hatte sie verstanden.

Sie trat wieder in den Geheimgang, schloß die Tür in der Täfelung hinter sich und lief, so rasch sie konnte, den Weg zurück, den sie gekommen war.

Dann hob sie ihre Schuhe auf und hastete am Zimmer Charles II. vorbei. Nachdem sie an zwei weiteren Schlafzimmern vorbeigelaufen war, blieb sie vor einem Boudoir stehen.

Es war ihr nun gleichgültig, ob jemand in dem Raum daneben schlief oder nicht. Mit ein wenig Glück würde er sie nicht hören.

Auf alle Fälle wäre niemand im Boudoir. Als sie vorsichtig die Geheimtür öffnete, fand sie ihre Annahme bestätigt.

Sie schlich zur Tür, die zum Korridor hinausführte. Dort war es heller.

Die Diener hatten zwar einige Kerzen in den silbernen Wandleuchtern, die das Wappen des Marquis trugen, gelöscht, aber Anthea fand leicht ihren Weg in den oberen Stock. Dort ging sie durch die Tür, die zum Dienstbotenquartier führte, und dann zum Zimmer der Haushälterin.

Sie trat ein und sah, daß Nanny allein war und friedlich in einem Armsessel vor dem Kamin schlief.

Als Anthea sie vorsichtig an der Schulter berührte, stieß Nanny erschrocken einen leisen Schrei aus und setzte sich abrupt auf.

»Wo sind Sie so lange gewesen?« fragte sie ärgerlich. »Das möchte ich gern wissen. Ich habe Sie schon vor Stunden zurückerwartet.«

»Ich weiß, Nanny. Wenn wir zu Hause sind, werde ich dir alles erzählen«, antwortete Anthea.

Sie nahm ihren Abendmantel vom Stuhl, wo sie ihn vor vielen Stunden hingelegt hatte, und zog ihn an.

Nanny setzte ihre Haube auf und legte sich ein schwarzes Umschlagtuch über die Schultern. Es paßte gut zu ihrem grauen Kleid.

Nanny und Anthea eilten eine Seitentreppe hinunter zu einer Tür, die in den Garten hinausführte.

»Warum gehen wir hier aus dem Haus?« fragte Nanny.

»Ich halte es für besser. So kann uns niemand vom Küchenpersonal sehen, falls schon jemand wach ist«, antwortete Anthea. Nanny leuchtete dies ein.

Erst als sie im Park zwischen den Bäumen hindurchgingen und die Sterne ihnen den Weg leuchteten, fragte Nanny: »Wo haben Sie so lange gesteckt, Miss Anthea? Master Harry wird es nicht gern hören, daß Sie gebummelt haben, anstatt sofort nach Hause zu gehen.«

»Ich bin daran völlig unschuldig«, antwortete Anthea.

»Schön, dann hoffe ich, Sie haben eine glaubwürdige Entschuldigung, wenn Master Harry Sie ausfragt. Und ich hoffe, Sie sind weder mit dem Marquis noch mit seinen liederlichen Freunden in Berührung gekommen. Ich weiß nicht, was Ihr Vater über das gesagt hätte, was hier vorgeht. So etwas gab es in Queen's Hoo niemals! Je eher die ganze Bagage wieder nach London fährt, um so besser!«

»Da stimme ich dir vollkommen zu, Nanny«, erwiderte Anthea. »Aber jetzt bin ich müde.«

Sie sagte auf dem Weg zum Dower House nichts mehr. Als sie daran dachte, daß Harry vermutlich im Arbeitszimmer auf sie wartete, wurde ihr unbehaglich zumute.

Harry würde eine ausführliche Schilderung darüber hören wollen, was vorgefallen war, nachdem sie ihr Klavierspiel beendet hatte und eigentlich nach Hause hätte gehen sollen.

Anthea betrat mit Nanny das Haus durch die Küche. Während Nanny Tee aufbrühte, ging Anthea durch die kleine Halle hinüber in das Arbeitszimmer. Sie nahm an, daß Harry noch nicht zu Bett gegangen war und auf sie wartete. Leise betrat sie das kleine Zimmer, in dem sie sich beide gern aufhielten, wenn sie allein waren.

Wie sie es befürchtet hatte, war Harry hier.

Er lag auf dem Ledersofa und schlief. Seinen Rock und die Schuhe hatte er ausgezogen. Die Art, wie er atmete, sagte ihr, daß er von der Arbeit sehr erschöpft war. Auch die Sorgen hatten ihn mitgenommen, ob alles rechtzeitig fertig werden würde.

Sie fragte sich, wie er darauf reagieren würde, wenn sie ihm sagte, was sich heute nacht zugetragen hatte. Dann dachte sie, daß er dies niemals erfahren durfte.

Leise und vorsichtig, um ihn nicht aufzuwecken, zog sie ihren Abendmantel aus und deckte Harry behutsam damit zu, daß er nicht fror.

Dann blies sie die Kerzen auf dem Schreibtisch aus, schlich auf Zehenspitzen aus dem Arbeitszimmer und schloß lautlos die Tür hinter sich.

Sie ging zu Nanny in die Küche und sagte ihr, daß Harry fest schlief und es ein großer Fehler wäre, ihn zu wekken.

»Ja, er ist sehr müde, das ist er«, murmelte Nanny mitfühlend.

Anthea gab ihr recht.

»Und weil Harry schon Sorgen genug hat, wäre es falsch, ihm zu erzählen, daß wir erst so spät nach Hause gekommen sind. Dies würde ihn zusätzlich aufregen.«

Einen Augenblick lang fürchtete Anthea, Nanny würde mit ihr darüber zu streiten beginnen. Deshalb sagte sie rasch: »Wir sprechen morgen früh noch einmal darüber, Nanny. Aber bitte erzähle Harry nichts.«

»Warum um alles in der Welt sollte ich das tun?« fragte Nanny. »Nun gehen Sie rasch ins Bett, Miss Anthea. Ich bringe Ihnen gleich ein Glas warme Milch.«

Anthea wußte, daß sie gewonnen hatte. Nanny würde Harry nichts verraten.

Erst als Anthea im Bett lag und auf ihre warme Milch wartete, machte sie sich Sorgen um den Marquis.

Hatte er ihre Worte wirklich ernst genommen? Und hatte er seine Zimmertür abgeschlossen?

Wenn nicht, würden sie ihn morgen früh tot in seinem Bett finden. Und sie wäre der einzige Mensch, der wußte, wer ihn getötet hatte.

4. Kapitel

Anthea wachte auf, als Nanny die Vorhänge in ihrem Schlafzimmer zurückzog.

»Es ist zehn Uhr, meine Gute!« rief Nanny. »Sie müssen aufstehen, sonst kommen Sie zu spät in die Kirche.«

»Zehn Uhr? Wie ist das möglich?« fragte Anthea.

Sie setzte sich im Bett auf und dachte an ihren wunderbaren Traum, in dem alles so harmonisch und voller Glück gewesen war.

Dann fiel ihr plötzlich ein, was gestern nacht vorgefallen war, und sie fragte ängstlich: »Ist etwas geschehen? Ich meine… ist im Herrenhaus… alles in Ordnung?«

»Was soll schon geschehen sein?« erwiderte Nanny ruppig. »Diese Paradiesvögel aus London schlafen alle wesentlich länger als Sie!«

Anthea war erleichtert. Nach ein paar Augenblicken fragte sie: »Und wie geht es Harry?«

»Er hat die ganze Nacht wie ein Bär geschlafen«, antwortete Nanny. »Aber gleich nach dem Frühstück stürzte er sich wieder in seine Geschäfte, um sich die Finger wund zu arbeiten. Ich wette, er wird kein Wort des Dankes hören.«

»Du hast ihm nicht erzählt, daß wir uns gestern… so verspätet haben?«

»Er hat nicht danach gefragt. Und wer nicht gefragt wird, muß nicht lügen.«

Während Nanny zur Tür ging, fügte sie hinzu: »Ihr

Frühstück ist fertig, wenn Sie herunterkommen, Miss Anthea.«

Anthea war erleichtert darüber, daß Harry nicht wußte, wie spät es war, als sie nach Hause kam. Nun mußte sie keine unangenehmen Erklärungen abgeben.

Sie stand auf, ging in das neue Badezimmer und wusch sich mit kaltem Wasser. Dann zog sie das Kleid an, das Nanny für sie über den Stuhl gelegt hatte.

Es war neu, und sie durfte es nur sonntags tragen. Nanny hatte es ihr genäht. Der Schnitt war sehr einfach. Aber der geblümte Stoff war teurer als alles, was sie in der Vergangenheit besessen hatte.

Nanny hatte ihn extra für sie bestellt.

Das Kleid war sehr hübsch. Die blaßblauen Blüten auf dem Musselin waren von der gleichen Farbe wie die Bänder, die sich unter ihrer Brust kreuzten und im Rücken von der Taille herabhingen. Nanny hatte sich große Mühe gegeben.

Anthea lief mit dem Hut in der Hand hinunter in die Küche und rief: »Schau, Nanny, das Aschenputtel hat sich in eine Prinzessin verwandelt, und dies nur deshalb, weil eine gute Fee sie mit ihrem Zauberstab berührt hat.«

Nanny drehte sich vom Herd um und musterte Anthea. Sie sah sehr wohl, wie hübsch Anthea in dem Musselinkleid aussah und wie vorzüglich es ihr stand. Aber sie sagte in ihrer schroffen Art: »Kleider machen Leute! Nimm dich in acht und verdrehe dem Vikar nicht den Kopf!«

Beide lachten, denn der Vikar war fast achtzig Jahre alt und nahezu blind.

Harry hatte sich bereits vorgenommen, dem Marquis bei Gelegenheit vorzuschlagen, er solle Reverend Theodosius in Pension schicken und ihn durch einen jüngeren Mann ersetzen.

Während Anthea frühstückte, schweiften ihre Gedanken immer wieder zum Herrenhaus ab, und sie fragte sich, ob der Marquis unverletzt war.

Dann sagte sie sich, daß Harry sie sofort informiert hätte, wenn etwas Außergewöhnliches vorgefallen wäre.

Anthea setzte sich ihren zwei Jahre alten Basthut auf den Kopf. Nanny hatte ihn etwas herausgeputzt, so daß er gut zu ihrem neuen Kleid paßte.

Die Kirche lag nicht weit von Dower House entfernt und war etwas früher als Queen's Hoo im Tudor-Stil gebaut worden. Sie bedurfte nun dringend einer Renovierung.

Aber Harry wollte den Marquis nicht auch noch mit den Sorgen der Kirche belasten, solange die Arbeiten am Herrenhaus nicht abgeschlossen waren.

Nachdem Anthea tags zuvor die Pracht in Queen's Hoo gesehen hatte, fielen ihr die Schäden am alten Backsteinbau besonders auf. Die Kirche mußte instand gesetzt werden; teilweise waren sogar die farbigen Glasfenster zerbrochen oder ganz herausgefallen.

Wenn man im Kirchenschiff stand und hochblickte, konnte man durch die Löcher im Dach das Sonnenlicht scheinen sehen.

Ein paar ältere Frauen waren in der Kirche und einige Kinder, die zur Sonntagsschule gingen. Die jüngeren Frauen bereiteten zu Hause das Mittagessen vor und würden die Abendandacht besuchen, wie es auch Nanny tat.

Anthea ging das Mittelschiff entlang zur Orgel. Sie war ein Geschenk ihres Großvaters gewesen, bald nachdem er das ganze Besitztum geerbt hatte. Die Orgel war ein schönes Instrument, hatte aber im Laufe der Jahre gelitten und war schon viele Male repariert worden.

»Glaubst du, der Marquis wird uns eine neue Orgel stiften?« hatte Anthea erst kürzlich Harry gefragt.

Er hatte mit den Achseln gezuckt und gesagt: »Ich kann mir nicht vorstellen, daß Eaglescliffe ein großer Kirchgänger ist, und es ist kaum denkbar, daß er an den Nöten der Gemeinde interessiert ist. Aber laß mir etwas Zeit, dann will ich versuchen, etwas in dieser Richtung zu erreichen.«

»Oh, bitte, tue es bald«, hatte Anthea gebettelt.

Nun mußte sie daran denken, wie schön es wäre, wenn sie auf einem modernen, guten Instrument spielen dürfte, anstatt sich ständig vor den Tönen zu fürchten, die diese alten Orgelpfeifen manchmal von sich gaben.

Anthea setzte sich an die Orgel und wartete darauf, daß der Junge die Luft pumpte, so daß sie zu spielen beginnen konnte. Dabei dachte sie, daß sie etwas wußte, wovon Harry keine Ahnung hatte, nämlich daß der Marquis Musikliebhaber war.

Sie hörte immer noch seine Worte, wie er letzte Nacht ihr Klavierspiel gelobt hatte. Sein Zynismus war verschwunden, und er hatte begeistert über ihre Musik gesprochen.

Aber als sie an seine leidenschaftlichen Küsse dachte, errötete sie und konzentrierte sich ganz auf ihr Orgelspiel.

Da der Vikar alt war, hielt er den Gottesdienst so kurz wie möglich. Für diesen Sonntag hatte er Choräle ausgewählt, die Anthea gefielen; auch die Gläubigen sangen sie gern, weil sie die Lieder kannten.

Als die kleine Gemeinde die Kirche verließ und der Vikar sie händeschüttelnd begrüßte, spielte Anthea eine phantasievolle Melodie. Sie war glücklich, und es kam ihr so vor, als würde die Orgel ihre eigenen Gefühle wiedergeben. Plötzlich hörte sie ein Quietschen, gefolgt von zwei schrillen Tönen. Dann herrschte Stille.

»Was ist passiert?« fragte sie und blickte zu dem Jungen hinunter, der die Luft pumpte.

»Ich weiß es nicht! Ich bin nicht daran schuld, Miss«, antwortete der Junge erschrocken.

Wenn es nicht Timothy war, dann war es die Orgel selbst, dachte Anthea. Und dies bedeutete, daß sie erneut repariert werden mußte. Das letzte Mal hatte es sehr lange gedauert, bis sie wieder darauf spielen konnte. Widerwillig stand Anthea auf und wußte doch, daß sie nichts tun konnte.

»Ich habe so kräftig gepumpt, wie ich nur konnte, Miss Anthea. Ich schwöre es.«

»Ich weiß, Timothy«, antwortete Anthea. »Irgend etwas muß kaputt gegangen sein. Ich will sehen, was ich tun kann.«

»Dann müssen wir heute abend nicht Orgel spielen?« fragte Timothy hoffnungsvoll.

»Das ist möglich«, antwortete Anthea. »Ich lasse es dich rechtzeitig wissen.«

Anthea wollte Harry beim Mittagessen bitten, ob er sich die Orgel einmal ansehen und sie vielleicht sogar reparieren konnte. Er hatte ihr schon mehrmals geholfen. Aber wenn die Reparatur zu kompliziert war, würde sie warten müssen, bis ein Fachmann aus der Stadt kam und die Orgel in Ordnung brachte.

Das war ärgerlich. Sie hatte das unbehagliche Gefühl, daß sie am Versagen des Instruments selbst schuld war. Sie hatte der armen alten Orgel mehr abverlangt, als diese geben konnte.

Wenn ich doch nur eines der Instrumente von Queen's Hoo ausborgen könnte, dachte Anthea. Schon bei der kleinsten Berührung der Tasten hatte sie ihre Gedanken im Spiel ausdrücken können, wie es ihr vorher niemals möglich gewesen war.

Ich werde Harry fragen, ob wir einen Flügel vom Herrenhaus ausleihen können, dachte sie. Aber wir werden damit vermutlich warten müssen, bis Seine Lordschaft wieder in London ist.

Anthea ging durch den Park zurück in das Dower House und sagte Nanny in der Küche, daß sie wieder da war. Überraschenderweise war auch Harry schon zu Hause und saß im Arbeitszimmer. Als sie eintrat, holte sie tief Luft, weil sie fürchtete, er könnte schlechte Neuigkeiten für sie haben.

Aber statt dessen sagte Harry fröhlich: »Guten Morgen, Anthea. Ich hoffe, es läuft auch heute alles so gut ab wie gestern.«

»Alles so… gut?« fragte Anthea zögernd. Sie brachte die Worte kaum über die Lippen.

Harry grinste.

»Ich habe bis jetzt keine Beschwerden gehört, aber ich habe meinen Herrn und Meister an diesem Morgen auch noch nicht gesehen. Ich nehme an, er liegt noch schnarchend im Bett, wie der Rest der Gesellschaft.«

Anthea schwieg.

Sie war sehr erleichtert, denn sie hatte mitangehört, wie der Marquis am Abend zuvor seinen Diener gebeten hatte, ihn um acht Uhr zu wecken. Wenn er ermordet worden wäre, würde man es jetzt schon wissen.

»Und wie ging es dir?« fragte Harry. »Hattest du gestern abend irgendwelche Probleme?«

»Nein, gar keine«, antwortete Anthea rasch.

»Dann ist es gut.«

So wie Harry die Worte aussprach, gab es keinen Zweifel daran, daß er erleichtert war.

Nanny rief zum Mittagessen, und sie gingen in das kleine Speisezimmer.

Während sie Roastbeef aßen und das frische Gemüse, das Jacob aus dem Garten gebracht hatte, erzählte Harry begeistert von den Pferden, die nun im Stall standen.

»Noch niemals habe ich herrlichere Gespanne gesehen als die Pferde, mit denen die Freunde des Marquis von London hierherkamen. Vier Braune passen so perfekt zusammen, daß ich meinen rechten Arm hergeben würde, um sie zu besitzen. Und der Marquis kam dieses Mal wieder mit einem anderen Gespann. Es ist prachtvoll und absolut vollkommen. Ich finde keine passenderen Worte dafür.«

Anthea hörte ruhig zu, und Harry sprach weiter: »Ich wünschte, ich besäße auch einige Pferde, auf denen ich ausreiten könnte. Natürlich wird der Marquis häufig reiten, wenn er sieht, wie groß das Besitztum ist.«

»Glaubst du wirklich, er wird oft hier sein?« fragte Anthea ein wenig nervös.

Harry lachte. »Darauf weiß ich wirklich keine Antwort.«

Dann sprach er wieder über die Pferde, bis der Obstsalat und später der Käse serviert wurden. Schließlich stand er ungeduldig auf und sagte: »Ich muß wieder an die Arbeit. Es gibt noch eine Menge zu tun. Außerdem ließ mir Johnson gestern ausrichten, daß es Ärger auf dem Bauernhof gibt. Sobald ich etwas Zeit habe, reite ich zu ihm hinüber und sehe nach dem Rechten. Mache dir also keine Gedanken, wenn ich später nach Hause komme.«

»Nanny wird für dich das Essen warmhalten«, antwortete Anthea.

Sie sah ihrem Bruder nach, als er in den Stall zu seinem Pferd ging. Weil er von seiner Arbeit so begeistert war, hatte er ihr glücklicherweise keine weiteren Fragen gestellt, sondern wiegte sich in dem Glauben, daß am Abend zuvor alles so verlaufen war, wie er es wünschte.

Anthea half Nanny, den Tisch abzuräumen, denn die alte Frau ruhte sich nach dem Essen gern ein wenig aus. Sie selbst ging in den Salon und sah nach den Blumen.

In einer Vase ließen sie ein wenig die Köpfe hängen. Deshalb ging Anthea in den Garten und schnitt lila und weißen Flieder und einige Zweige rosa Rhododendron, der zauberhaft aussah, wenn er blühte.

Sie trug die Blumen in den Salon und ordnete sie in einer Vase auf dem Tisch vor dem Fenster.

Dann stellte sie den Strauß auf einen kleinen Tisch neben dem Spinett. Dabei summte sie eine Melodie, die sie gestern nacht gespielt hatte.

Als die Salontür geöffnet wurde, drehte sie sich um. Sie dachte, Nanny habe nur einen kurzen Mittagsschlaf gehalten.

Als sie sah, wer in das Zimmer gekommen war, erstarrte sie und blieb unbeweglich stehen.

Der Marquis schloß die Tür hinter sich und ging langsam auf Anthea zu. Sie sah ihn hilflos an.

Als er vor ihr stehenblieb, fragte sie leise: »Was... was wünschen Sie?«

Der Marquis lächelte sie an, und die zynischen Falten um seinen Mund verschwanden für einen Augenblick.

»Ich möchte mich bei Ihnen bedanken. Sie haben mir das Leben gerettet, Anthea Brooke.«

»Woher wissen Sie… wer ich bin? Und wie haben Sie… mich gefunden?«

»Ich muß gestehen, daß ich sehr überrascht war, als ich mit Mr. Meldosio sprach, und er mir versicherte, er habe keine Tochter.«

»Sie haben mit Mr. Meldosio gesprochen?«

»Selbstverständlich, was haben Sie erwartet?«

»Das habe ich nicht… gedacht«, stammelte Anthea. »Aber es ist Ihnen Gott sei Dank nichts geschehen. Ich fürchtete… fürchtete so sehr, Sie hätten mir vielleicht nicht geglaubt.«

»Auf jeden Fall haben Sie sich sehr geheimnisvoll verhalten«, antwortete der Marquis. »Zuerst verschwanden Sie plötzlich aus meinem Schlafzimmer. Ich dachte schon, ich hätte geträumt, und Sie existierten gar nicht.«

Er hielt kurz inne. Dann sagte er: »Nun weiß ich wenigstens, daß es einen Geheimgang im Haus gibt. Später warnten Sie mich eindringlich vor einem meiner Gäste, der mich ermorden wollte.«

Anthea lehnte sich an das Spinett, als ob sie Halt brauchte.

»Ja, ich… ich mußte Sie warnen. Denn… wenn Sie ermordet worden wären, hätte ich mir mein ganzes Leben lang… Vorwürfe gemacht, daß ich es nicht verhindert habe.«

»Ich versichere Ihnen, ich bin Ihnen sehr dankbar dafür«, sagte der Marquis. »Und deshalb bin ich auch zu Ihnen gekommen.«

»Aber das sollten Sie nicht. Sie dürfen nicht hier sein. Außerdem glaube ich nicht, daß Mr. Meldosio Ihnen gesagt hat, wer ich bin.«

»Nein, das hat er in der Tat nicht. Er hat sehr entschlossen gelogen, sogar recht überzeugend gelogen«, bemerkte der Marquis trocken.

»Dann… warum… wie…?« stammelte Anthea.

»Er sagte mir, er könne sich absolut nicht denken, wer ihn vertreten habe. Aber als ich nach Hause fuhr, um mit meinem Verwalter darüber zu sprechen und ihn zu fragen, wer am Abend zuvor in meinem Haus so brillant musiziert hatte – und wenn ich es sagen darf, so professionell –, kam ich an der Kirche vorbei.«

Anthea sah den Marquis aufmerksam an und blickte dann zur Seite.

»Aus dem alten Gebäude kamen Klänge, die mich an gestern abend erinnerten«, fuhr der Marquis fort. »Und nun war für mich alles klar.«

»W… was meinen Sie damit?«

»Ich sprach den ersten besten an, der mir im Dorf über den Weg lief. Ich fragte ihn, wer da in der Kirche Orgel spielt. Man sagte mir, es sei Miss Anthea Brooke. Ich wußte bereits, daß Ihr Taufname Anthea ist. Es ist unwahrscheinlich, daß in einem so kleinen Ort zwei Frauen den gleichen Vornamen haben.«

Anthea seufzte.

»Und so haben Sie mich gefunden.«

»Ja, so habe ich Sie gefunden«, stimmte der Marquis zu. »Aber ich war sehr erstaunt, daß mein Verwalter, der mit mir über alles auf dem Besitztum so beredt spricht, niemals auch nur mit einem Wort erwähnte, daß der ehemalige Besitzer und seine Schwester in das Dower House umgezogen waren, wie ich nun weiß.«

Anthea stieß einen kleinen Schrei aus.

»Oh bitte, das ist nicht wichtig. Sie sollten sich darüber nicht den Kopf zerbrechen… Sie haben mir dafür gedankt, daß ich Ihnen… das Leben gerettet habe… Bitte gehen Sie wieder zu Ihren Gästen… und vergessen Sie, daß ich… überhaupt existiere.«

Als sie zu ihm aufblickte, schien er näher bei ihr zu stehen als zuvor. Sie sah ihm in die Augen, und es war ihr unmöglich wegzuschauen.

»Glauben Sie wirklich, daß ich Sie vergessen kann?« fragte er ruhig. »Ich glaube, wir beide haben uns eine Menge zu sagen, Anthea. Wollen wir uns nicht setzen?«

Anthea blickte sich hilflos um, als habe sie vergessen wo sie war. Dann sagte sie leise: »Es tut mir sehr leid... ich war unhöflich... Ich hätte Ihnen sofort einen Platz anbieten müssen... Aber Sie dürfen nicht hierbleiben.«

»Bitte beunruhigen Sie sich nicht, wenn ich gern bleiben möchte«, antwortete der Marquis.

Wie unter einem Zwang ging Anthea vom Fenster zum Kamin und setzte sich auf das Sofa, das auf einer Seite stand.

Der Marquis nahm ihr gegenüber in einem hohen Armsessel Platz. Er schlug die Beine übereinander.

»Beginnen wir noch einmal ganz von vorne«, sagte er. »Sie sind Anthea Brooke. Und wenn ich mich nicht täusche, ist mein Verwalter, den ich unter dem Namen Dalton kenne, Ihr Bruder, also Lord Colnbrooke.«

»Wie kommen Sie darauf?« fragte Anthea aufgeregt. »Bitte stellen Sie keine Vermutungen an... und bitte interessieren Sie sich nicht für Dinge... die Sie nicht betreffen.«

»Sie betreffen mich sehr, Anthea«, antwortete der Marquis. »Und ehe wir beide zu streiten anfangen, lassen Sie mich erklären, daß ich eben ein Porträt von Mr. Dalton gesehen habe, als ich die Halle betrat.«

»Das ist das Porträt meines Vaters, als er in Harrys Alter war«, murmelte Anthea.

»Ihr Bruder sieht ihm sehr ähnlich. Und wenn ich es genau bedenke, besteht auch eine große Ähnlichkeit zwischen Ihnen beiden.«

Eine Weile herrschte Schweigen. Dann sagte Anthea: »Charles Torrington – er hat Ihnen Queen's Hoo verkauft – dachte, es wäre zu kompliziert, wenn Harry Sie... bitten würde, ihn als... Verwalter anzustellen. Deshalb erzählte Charlie Ihnen, er würde einen Mann namens Dalton kennen, der für diesen... Posten... vorzüglich geeignet wäre.«

Anthea hielt kurz inne und fuhr dann ängstlich fort: »Bitte... bitte, kündigen Sie Harry nicht. Die Instandsetzung von Queen's Hoo ist für ihn so wichtig, daß es ihm das Herz brechen würde, wenn wir wegziehen... und irgendwo in der Fremde... leben müßten.«

»Ich muß gestehen, ich hatte von Anfang an den Verdacht, daß Dalton nicht derjenige war, als den er sich ausgab. Ich konnte mir keinen Menschen vorstellen, der so eng mit dem Haus und dem ganzen Anwesen vertraut war wie er. Er wußte immer, was getan werden mußte, und er sorgte rührend für die Rentner, die Landarbeiter und jeden, der hier lebt.«

»Es sind... unsere Leute«, sagte Anthea. »Der Gedanke wäre unerträglich, wenn wir sie im Stich lassen müßten und sie vielleicht Hunger leiden würden.«

»Sie haben sich hier sehr geschmackvoll eingerichtet«, sagte der Marquis und sah sich im Zimmer um.

Anthea schoß der Gedanke durch den Kopf, daß er möglicherweise annehmen könnte, Harry habe das Haus auf seine Kosten herrichten lassen. Sie sagte rasch: »Wir waren durch Ihr Geld, das Sie für Queen's Hoo bezahlt haben, in der Lage, Dower House zu renovieren. Die Möbel stammen natürlich alle aus dem Herrenhaus und ebenfalls die Bilder. Aber das hat mit Ihnen nichts zu tun.«

»Ich nehme an, nun hassen Sie mich, weil ich Ihr Elternhaus gekauft habe.«

»Warum glauben Sie das?«

»Weil ich unter den gleichen Umständen ähnlich fühlen würde«, antwortete der Marquis.

»Ich… ich habe Sie anfangs gehaßt, obwohl ich mir sagte, daß dies ungerecht war. Aber nachdem ich Sie kennengelernt habe und hörte… wie sehr Sie die Musik lieben… änderte ich meine Meinung.«

»Ich habe in meinem ganzen Leben noch keine Frau kennengelernt, die so gut Klavier spielen kann wie Sie und deren Musik ich so gut verstehe, Anthea. Alles, was Sie in Worten ausdrücken wollen, machen Sie mir durch Ihre Musik verständlich.«

Sein Tonfall hatte sich verändert.

Anthea sah ihn an und blickte dann zur Seite, als sie sagte: »Wie ist das möglich…?«

»Das frage ich mich auch«, erwiderte der Marquis. »Aber da gibt es noch etwas, das ich nicht verstehe und weshalb ich heute zu Ihnen gekommen bin. Ich wollte Sie bitten, mir zu sagen, wer mich töten wollte.«

Anthea erinnerte sich daran, daß sie ihm nicht gesagt hatte, wer in sein Zimmer kommen wollte. Wenn der Marquis nicht wachsam wäre, würde derjenige, der ihn hatte töten wollen, es noch einmal versuchen.

»Sie müssen sehr vorsichtig sein… sehr, sehr vorsichtig«, sagte Anthea. »Der Mann will, daß Sie noch vor dem Mittwoch sterben, denn dann würde Ihr Pferd nicht mehr an dem Derby teilnehmen und sein Pferd würde mit Sicherheit gewinnen.«

Der Marquis dachte kurz nach und sagte: »Ich weiß, von wem Sie sprechen. Haben Sie zufällig seinen Namen gehört?«

»Nein, aber die Frau, die Sie in Ihrem Schlafzimmer aufsuchen und mit einem Stilett töten wollte, hieß Milly.«

Der Marquis preßte die Lippen zusammen.

Anthea sagte beunruhigt: »Er wird es noch einmal versuchen, da bin ich ganz sicher. Er wird es wieder versuchen! Heute ist Sonntag… er hat noch heute, morgen und am Dienstag Zeit… Sie zu töten. Wenn es ihm nicht gelingt, käme er mit Sicherheit ins Debtor-Gefängnis, sagte er.«

Der Marquis hob die Augenbrauen.

»Ich wußte nicht, daß Templeton so sehr in der Klemme sitzt. Wenn Sie nicht auf dem gleichen geheimnisvollen Weg aus meinem Zimmer gegangen und wiedergekommen wären, würde ich jetzt nicht mehr leben.«

»Ich wollte nicht zurückkommen… aber ich konnte es nicht zulassen, daß Sie… sterben… Ich darf gar nicht daran denken.«

»Unglücklicherweise muß ich es aber tun«, erwiderte der Marquis. »Sie haben mir sehr geholfen, Anthea. Ich bin Ihnen unsagbar dankbar dafür, daß ich noch am Leben bin. Und ich frage mich, auf welche Weise ich Ihnen meinen Dank ausdrücken kann.«

»Oh, bitte… das einzige, was Sie tun können ist es, nun… zu gehen und mich… zu vergessen«, sagte Anthea.

»Ich habe Ihnen bereits zu erklären versucht, daß dies ganz unmöglich ist«, erwiderte der Marquis. »Und ich glaube, auch Ihnen wird es schwerfallen, mich zu vergessen.«

Sie sah ihn an und senkte dann den Blick. Ihre dunklen Wimpern waren schwarz vor ihrer weißen Haut.

»Bitte, sprechen Sie nicht so mit mir«, sagte sie. »Und bitte verraten Sie Harry nicht… daß ich letzte Nacht so lange in Queen's Hoo war… und in Ihrem Salon Klavier gespielt habe.«

»Hätte Harry dies nicht gebilligt?«

»Nein, natürlich nicht. Er wäre wütend, wenn er es wüßte, wirklich sehr wütend. Er trug mir auf, mit Nanny sofort nach Hause zu gehen... sobald die Aufführung im Bankettsaal zu Ende ist.«

»Ich bin überrascht, daß er Ihnen überhaupt erlaubte, die Tänze musikalisch zu begleiten«, bemerkte der Marquis trocken.

»Harry blieb nichts anderes übrig«, antwortete Anthea rasch. »Harry erfuhr erst gestern früh, daß Mr. Meldosio sich die Hand verletzt hat. Er hatte keine Gelegenheit mehr, einen anderen Pianisten zu suchen. Es gibt in der näheren Umgebung niemanden, der so gut Klavier spielen kann. Und um in die Stadt zu fahren und einen professionellen Pianisten zu engagieren, blieb ihm keine Zeit.«

»Deshalb bat Harry Sie, Mr. Meldosio zu vertreten«, sagte der Marquis.

»Nein, ich selbst habe diesen Vorschlag gemacht. Ich bat ihn, spielen zu dürfen... denn ich fürchtete, er würde seinen Posten als Verwalter verlieren, wenn er Ihre Wünsche und Anordnungen nicht erfüllt.«

»Ich verstehe. Aber Sie hätten auf keinen Fall die Tänzerinnen musikalisch begleiten dürfen.«

»Ich konnte hinter dem Flügel leider nicht sehen, wie sie tanzten. Das war sehr enttäuschend für mich«, sagte Anthea. »Nach dem stürmischen Applaus zu schließen, muß ihre Darbietung vorzüglich gewesen sein. Vermutlich tanzten sie ähnlich wie Lady Hamilton, als diese den König und die Königin von Neapel bezauberte.«

Der Marquis sah sie überrascht an, aber er schwieg.

Nach einer langen Pause sagte Anthea: »Harry darf niemals erfahren, daß ich erst so spät nach Hause gekommen bin. Er schlief schon, und ich ging zu Bett, ohne ihn zu wecken.«

Flehentlich fügte sie hinzu: »Nicht wahr, Sie werden ihm nichts erzählen... Sie werden ihm nicht... verraten, daß...« Sie brachte es nicht fertig, den Satz zu beenden.

Der Marquis sagte ruhig: »Daß ich Sie geküßt habe.«

»Ja... denn wenn Harry es erfahren würde, dann würde er so zornig, daß er Sie... herausfordern könnte.«

»Das ist sehr unwahrscheinlich«, erwiderte der Marquis trocken. »Obwohl ich viele Fehler habe, Anthea, versichere ich Ihnen, daß ich niemals über die Frau spreche, zu der ich einmal Zuneigung empfunden habe.«

Seine Stimme klang ärgerlich, und Anthea sagte rasch: »Es tut mir leid... Es war ein Fehler von mir... Ich hätte niemals mit Ihnen mitgehen dürfen... als Sie mich darum baten.«

Ihr war elend zumute, und sie knetete nervös ihre Finger. Abwechselnd wurde sie blaß und rot im Gesicht. Schließlich blickte sie zur Seite.

Er sah sie lange an und sagte: »Wenn es Sie so aus der Fassung bringt, vergessen Sie, was geschah. Aber denken Sie daran, daß ich nur dadurch noch am Leben bin, weil ich so verwegen war – wenn dies das richtige Wort dafür ist – und Sie in mein Schlafzimmer geführt habe. Wenn Sie nicht gewesen wären, dann wäre ich jetzt tot.«

»Niemand weiß davon, daß...« begann Anthea.

»...außer Ihnen und mir«, stimmte der Marquis ruhig zu. »Und was bedeutet das, Anthea?«

»Nichts!« antwortete sie rasch. »Solange Harry nichts davon weiß und er seinen Posten als Verwalter behält, ist alles in Ordnung.«

»Vielleicht von Ihrem Standpunkt aus gesehen, aber nicht von dem meinen«, erwiderte der Marquis. »Ich begleiche immer meine Schulden, Anthea. Und ich stehe tief und unwiderruflich in Ihrer Schuld.«

»Aber diese beiden... Menschen werden es... noch einmal versuchen... und Sie töten.«

»Vorgewarnt ist halb gerüstet«, antwortete der Marquis. »Ich verspreche Ihnen, meine Schlafzimmertür wird heute nacht verschlossen sein. Und ich glaube nicht, daß irgend jemand außer Ihnen mein Zimmer durch die Geheimtür betreten wird.«

»Ich werde um Ihren Schutz beten.«

»Ich bin überzeugt davon, daß Sie dies tun werden, und ich habe das gute Gefühl, daß Ihre Gebete erhört werden«, sagte der Marquis.

»Ich wünschte, das träfe zu.«

Anthea hielt kurz inne und sagte dann: »Vielleicht haben Sie recht. Ich habe noch nicht darüber nachgedacht... aber ich habe inständig darum gebetet, daß wir zu Geld kommen mögen, um weiter in Queen's Hoo leben zu dürfen. Meine Gebete wurden zwar nicht ganz erfüllt, aber wir wohnen in Dower House, und Harry ist glücklich, daß er unseren ehemaligen Besitz verwalten darf. Und alles ist nun schöner als jemals zuvor.«

»Das spricht nun eindeutig zu meinen Gunsten«, sagte der Marquis und stand auf.

Er sah sich im Zimmer um und sagte nach einer Weile: »Ich sehe, Sie besitzen ein Spinett, aber kein Klavier. Vielleicht könnte ich Ihnen meine Dankbarkeit dadurch beweisen, indem ich Ihnen einen meiner Flügel hinüberschicken lasse.«

Antheas Antwort zeigte sich sofort in ihrem Gesicht. Sie strahlte, und ihre großen, blauen Augen leuchteten.

Zögernd sagte sie: »Harry wird es... eigenartig finden, wenn...«

Der Marquis unterbrach sie und sagte: »Ich glaube, es wird mir gelingen, ihn davon zu überzeugen. Er wird es ohne weiteres akzeptieren und sich keine Gedanken darüber machen, ob ich irgendwelche besonderen Gründe hätte, dieses Instrument Ihnen persönlich zu schenken«, antwortete der Marquis.

»Können Sie das wirklich? Das wäre wunderbar!« rief Anthea. »Und wenn die Orgel in der Kirche repariert wird, was vermutlich unumgänglich ist, werde ich solange auf dem Flügel spielen. Wir müssen den Gottesdienst dann nicht ohne Musik feiern.«

»Verstehe ich Sie richtig, daß die Orgel, auf der Sie heute früh so gewandt gespielt haben, repariert werden muß?« fragte der Marquis.

»Ja, sie ging kaputt, während ich auf ihr spielte. Ich wollte Harry heute noch bitten, mit Ihnen darüber zu sprechen, wenn sich ihm eine Gelegenheit dazu geboten hätte«, antwortete Anthea.

Der Marquis lachte.

»Ich sehe schon, da kommen Dinge auf mich zu, die ich nicht erwartet habe, als ich Queen's Hoo zu einem völlig anderen Zweck kaufte.«

»Charlie war der Meinung, Sie hätten es gekauft, weil es so nahe bei London liegt und Sie hier Ihre Feste mit Ihren Bekannten feiern wollen, die Sie in Ihre anderen Häuser nicht einladen können.«

Der Marquis setzte eine ernste Miene auf.

»Dies hätte Charlie Ihnen gegenüber niemals äußern dürfen«, sagte er.

»Das tat er auch nicht. Er erzählte es Harry. Er wußte nicht, daß ich heimlich zuhörte. Aber ich dachte mir nichts Schlimmes dabei… bis gestern.«

»Und was hat Ihren Sinneswandel bewirkt?«

»Als ich hörte... daß die Tänzerin oder Schauspielerin oder was immer sie ist... mit dem Mann im Bett lag, der Sie töten wollte... Ich glaube... sie sind nicht verheiratet.«

Der Marquis schwieg eine Weile, und dann fragte er: »Sonst nichts?«

Anthea antwortete nicht.

Nach einem Augenblick sagte der Marquis: »Ich glaube, Sie waren auch schockiert darüber, daß ich Sie in mein Schlafzimmer nahm und geküßt habe.«

»Ich war... sehr überrascht. Ich hätte es niemals für möglich gehalten, daß mich ein fremder Mann... küßt, der mich nicht kennt und den ich erst vor wenigen Minuten kennengelernt habe.«

Ein seltsamer Ausdruck trat in seine Augen, als er sagte: »Vielleicht entschuldigt es mich, Anthea, aber ich war von Ihrer Musik wie verzaubert. Sie spielten so herrlich, so wundervoll. Schon gestern sagte ich Ihnen, daß mir Ihre Musik so viel über Sie selbst erzählt. Ich habe den Eindruck, ich würde Sie seit langer Zeit kennen.«

»Ist das... wirklich wahr?«

Der Marquis sah ihr tief in die Augen.

»Wir haben uns eine Menge zu erzählen, Anthea. Aber da Sie nicht wünschen, daß Ihr Bruder von meinem heutigen Besuch bei Ihnen etwas erfährt, verlasse ich Sie jetzt und gehe zurück zu meinen Gästen.«

»Und Sie werden... auf sich aufpassen?«

»Ich verspreche es Ihnen. Aber ich hoffe und vertraue auch auf Ihre Gebete. Vergessen Sie nicht, daß Sie letzte Nacht mein Leben gerettet haben.«

»Vielleicht war es Fügung, vielleicht Ihr Schutzengel, der mich den Geheimgang entlanggehen ließ«, sagte Anthea nachdenklich, als wolle sie sich selbst darüber klarwerden.

»Wir sprechen ein anderes Mal darüber«, sagte der Marquis. »Jetzt kann ich nur danke sagen, Anthea. Und da wir Ihren Bruder nicht beunruhigen wollen, werden wir ihm nicht erzählen, daß ich Sie kennengelernt habe oder etwas über seine wirkliche Identität weiß.«

»Sie sind sehr freundlich«, antwortete Anthea. »Ich bin Ihnen sehr… sehr dankbar.«

Sie streckte ihm die Hand hin. Zu ihrer Überraschung schüttelte er sie nicht, sondern küßte sie.

Sein Mund berührte zart ihre Haut. Sie erinnerte sich an das unbekannte, fremdartige Gefühl, als seine Lippen die ihren gefangen gehalten hatten. Weil sie annahm, daß auch er in diesem Augenblick daran dachte, errötete sie.

Der Marquis wandte sich abrupt ab und ging zur Tür.

»Wir werden uns wiedersehen, Anthea«, sagte er. »Und ich werde den Flügel nicht vergessen.«

Er wartete nicht auf eine Antwort, sondern verließ das Zimmer. Sie hörte ihn durch die Halle gehen.

Er hatte nicht verlangt, daß sie ihn hinausbegleitete. Dies war auch gut so. Nanny hatte nicht gehört, daß er gekommen war, aber wenn sie miteinander in der Halle gesprochen hätten, wäre sie neugierig geworden und hätte wissen wollen, wer im Haus gewesen war.

Anthea hörte die Kutsche davonfahren und dachte an das seltsame Gespräch, das sie mit dem Marquis geführt hatte. Er war völlig anders, als sie gedacht hatte.

Es bestand kein Zweifel daran, daß er einschüchternd, überwältigend und imposant war. Aber gleichzeitig verstand er wie kein anderer, was sie mit ihrer Musik ausdrücken wollte.

Und er hatte Verständnis dafür, daß Harrys wahre Identität ein Geheimnis bleiben sollte – und Harry niemals erfahren durfte, daß er sie geküßt hatte. Ein eigenartiges Gefühl überkam sie, als sie an seinen Kuß dachte, und sie erinnerte sich an die Erregung, die ihren ganzen Körper durchströmte.

Ich darf nicht mehr daran denken, sagte sie sich. Wenn er gewußt hätte, daß ich nicht Miss Meldosio bin, sondern Papas Tochter, hätte er sich anders verhalten.

Er hatte nicht darüber gesprochen, aber schließlich war das, was geschehen war, ihre und Harrys Schuld, weil sie ihn getäuscht hatten. Es wäre besser gewesen, wenn sie ehrlich gesagt hätten, daß Mr. Meldosio sich die Hand verletzt hatte und nicht Klavier spielen konnte.

Aber wenn sie dies getan hätten, wäre der Marquis mit Sicherheit getötet worden, und ein neuer Besitzer hätte Queen's Hoo übernommen. Wir müssen sehr dankbar sein, daß wir ihn haben, sagte sich Anthea.

Sie glaubte plötzlich, daß der Sonnenschein, der durch das Fenster fiel, jetzt heller und goldener leuchtete, als vor der Ankunft des Marquis.

5. Kapitel

Anthea hatte an diesem Montag morgen tausend Dinge im Haus zu erledigen.

Obwohl sie sehr beschäftigt war, dachte sie erleichtert daran, daß heute die Gäste des Marquis Queen's Hoo verlassen würden. Lord Templeton und Milly waren unter ihnen.

In Harrys Sportzeitung, die er einmal in der Woche kaufte, hatte Anthea gelesen, daß Lord Templetons Pferd große Chancen hatte, beim Derby zu gewinnen. Aber der Favorit war ein Pferd des Marquis. Deshalb war es nicht abwegig, wenn Lord Templeton eine Riesensumme zu gewinnen hoffte, wenn der Marquis tot war und sein Pferd nicht am Rennen teilnahm.

Für Anthea war es unbegreiflich, daß ein Gentleman einen anderen nur deshalb ermorden wollte, weil er selbst in Schwierigkeiten war.

Er ist ein verruchter Mann, sagte sie sich. Und Angst überkam sie, als sie daran dachte, daß er möglicherweise noch einmal versuchen würde, den Marquis zu töten. Und dieses Mal würde er vermutlich nicht das Stilett benutzen, das er Milly empfohlen hatte.

Ihre Mutter wäre schockiert gewesen über die Gäste, die jetzt in Queen's Hoo weilten. Glücklicherweise reisten sie heute ab. Anthea hoffte, sie würden nie wiederkommen.

Wie gewöhnlich verspätete sich Harry auch heute zum Mittagessen. Nanny regte sich auf, denn sie fürchtete, das

Lammsteak, das sie für ihn zubereitet hatte, wäre nun ungenießbar.

Als Harry sich an den Mittagstisch setzte, sagte er zu Anthea: »Ich habe gute Neuigkeiten für dich!«

»Um was handelt es sich?« fragte Anthea.

»Es ist eine Überraschung, die dir große Freude machen wird.«

Anthea ahnte, was er ihr erzählen wollte. Sie schwieg, und er fuhr fort:

»Als wir heute früh im Bankettsaal die Bühne abbauten, kam der Marquis herbei, und ich fragte ihn, wohin wir den Flügel stellen sollen.

›Das habe ich mich auch schon gefragt‹, antwortete der Marquis. ›Im Augenblick brauchen wir ihn nicht.‹

Ich wartete und fragte mich, was er vorschlagen würde. Nach einer Minute sagte er, daß Flügel benutzt werden müßten, um ihren guten Klang zu behalten. ›Es wäre ein großer Fehler, wenn wir den Flügel auf den Dachboden stellen würden‹, meinte er.

Er schlug deshalb vor, daß ich mit Miss Meldosio sprechen soll, die am Samstag abend so großartig darauf gespielt hat. Ich soll sie fragen, ob wir den Flügel solange bei ihr unterstellen können, bis wir ihn wieder benötigen.«

Als Harry zu Ende gesprochen hatte, holte Anthea tief Luft.

Nach einem Augenblick fragte Harry verdutzt:

»Wieso weiß er eigentlich, daß Miss Meldosio Klavier gespielt hat und nicht ihr Vater?«

Eine unbehagliche Pause trat ein. Anthea überlegte rasch, was sie darauf antworten sollte.

»Als die Gäste den Bankettsaal verlassen hatten, kam der Marquis zu mir hinter die Bühne«, sagte Anthea schließlich.

»Und so hat er es herausgefunden!« rief Harry.

Als Anthea nichts darauf erwiderte, sagte Harry nach einem Augenblick. »Ich glaube, er war von deinem Spiel begeistert. Oder hat er sich etwa bei dir beschwert?«

»Nein, er sagte, ich hätte so gespielt, wie er es sich vorgestellt hatte.«

Mehr sagte Anthea nicht, und Harry war zufrieden.

Sie selbst war glücklich, weil der Marquis einen Weg gefunden hatte und ihr nun ohne weitere Umstände den Flügel herüberschicken konnte.

Nichts war schöner für sie, als nun täglich darauf üben zu können und sofort jede Melodie darauf zu spielen, die ihr einfiel.

Glücklicherweise sprach Harry bei Tisch danach nur noch über die Schwierigkeiten, die es auf der Jackson-Farm gab. Sie rührten daher, daß ein Feuer in der Molkerei ausgebrochen war. Als er das Mittagessen beendet hatte, stand er auf und sagte:

»Es war sehr lieb von dir, daß du mich gestern nacht nicht geweckt hast. Um die Wahrheit zu sagen, ich war völlig kaputt, und das nicht nur von der vielen Arbeit. Mich hat auch der Gedanke geplagt, ob der Marquis mit allem zufrieden sein wird.«

Anthea lachte.

»Willst du meine Meinung hören? Ich bin überzeugt davon, du hast alles perfekt gelöst! Du weißt, der Marquis würde jede Kleinigkeit bemerken, die nicht in Ordnung ist. Seinem Adlerauge würde nichts entgehen, wie Charlie immer sagt.«

»Vielleicht spart er sich seinen Kommentar bis zuletzt auf und sagt erst etwas, wenn er abfährt«, meinte Harry.

Seine Aufmerksamkeit wurde von dem Geräusch eines Fuhrwerks abgelenkt, das vor dem Haus vorfuhr.

»Das wird der Flügel sein!« rief Harry.

»Ich bat die Männer, ihn so rasch wie möglich herüberzubringen.«

Als der Flügel im Wohnzimmer stand und das Spinett in das Nachbarzimmer gebracht worden war, ging Harry hinüber in das Herrenhaus, um zu sehen, ob noch etwas für den Marquis erledigt werden mußte, ehe dieser nach London aufbrach.

Anthea setzte sich an den Flügel, als sie allein war, und sprach ein Dankgebet. Gleichzeitig glitten ihre Finger über die Tasten und spielten eine Lobeshymne, die im ganzen Zimmer widerhallte.

Harry kam am Abend erst spät nach Hause. Er eilte die Treppe hinauf, zog die Reitkleidung aus, die er den ganzen Tag getragen hatte, und nahm ein Bad.

Anthea wartete im Wohnzimmer auf ihn.

»Es tut mir leid, daß ich mich verspätet habe«, sagte er, als er herunterkam. »Ich mußte meinen ganzen Plan umwerfen, weil die Bande sofort nach dem Mittagessen abreisen wollte«, fügte er lachend hinzu. »Ich habe noch niemals solch einen Kram gesehen. Sie brachten so viele Reisekoffer und Hutschachteln mit, als ob sie einen ganzen Monat hätten hierbleiben wollen und nicht nur zwei Tage.«

»Sind sie jetzt fort?« fragte Anthea.

»Ja, alle bis auf den Marquis.«

Anthea sah ihren Bruder überrascht an.

»Warum ist er geblieben?«

»Er hatte vor abzureisen. Aber plötzlich änderte er seine Meinung. Ich glaube, er fühlt sich nicht wohl«, erklärte Harry.

»Wie kommst du darauf?«

Antheas Stimme klang besorgt.

»Er sah krank aus. Und er hat auch einen scheußlichen Husten.«

Anthea schwieg, und nach einem Augenblick sagte Harry: »Ich hätte es nie für möglich gehalten, daß ein so durchtrainierter, athletischer Typ krank werden kann wie ein gewöhnlicher Mensch.«

Anthea war der gleichen Meinung, aber sie erwiderte nichts darauf.

Sie war zu Tode erschrocken, als Harry gesagt hatte, der Marquis fühlte sich nicht wohl. Sie fürchtete, Lord Templeton habe vielleicht auf heimtückische Weise versucht, ihn zu vergiften.

Dann sagte sie sich, daß der Marquis vermutlich deshalb nicht sofort nach London zurückkehren wollte, weil ihm dort Lord Templeton leichter einen Schaden zufügen konnte. Er würde wahrscheinlich bis Mittwoch in Queen's Hoo bleiben und dann direkt von hier aus zum Derby fahren. Es war nur eine Vermutung, und sie beschloß, nicht mit Harry darüber zu sprechen.

Statt dessen spielte sie nach dem Essen einige Melodien für ihn, die er besonders liebte. Bald stellte sie jedoch fest, daß er im Sessel eingeschlafen war und ihr nicht mehr zuhörte.

Sie stand vom Flügel auf und weckte Harry.

»Es ist Zeit, schlafen zu gehen, Harry. Du bist immer noch erschöpft, und wenn der Marquis nicht nach London fährt, hat er morgen für dich eine Menge zu tun. Da bin ich ganz sicher.«

»Du hast vollkommen recht«, erwiderte Harry und grinste.

Er gab ihr vor ihrem Schlafzimmer einen Kuß und ging in sein eigenes Zimmer. Sobald sein Kopf auf den Kissen lag, fiel er in tiefen Schlaf.

Anthea stand noch lange am Fenster und beobachtete, wie ein Stern nach dem anderen am Himmel erschien. Obwohl sie es nicht bewußt tat, betete sie inständig dafür, daß dem Marquis in Queen's Hoo kein Leid zugefügt wurde.

Sie ging zu Bett und träumte, daß sie den Geheimgang entlanglief und den Marquis suchte. Aber unsichtbare Kräfte hielten sie zurück, und sie kämpfte mit aller Macht gegen sie an, bis sie aufwachte.

Als sie später zum Frühstück hinunterging, hatte Harry bereits das Haus verlassen. Er bemühte sich darum, daß alles reibungslos verlief, bis der Marquis nach London abreiste.

Anthea frühstückte allein, und als sie fertig war, trug sie das Geschirr in die Küche, wo Nanny es spülte.

»Heute wird es ein warmer Tag«, sagte Nanny. »Sie sollten sich nicht zu sehr anstrengen, Miss Anthea. Wenn ich die Betten gemacht habe, gehe ich ins Dorf. Wir haben kein Gramm Mehl mehr im Haus, und noch ein halbes Dutzend anderer Dinge fehlen mir.«

»Kann ich das nicht für Sie besorgen?« fragte Anthea.

Nanny lehnte dies energisch ab. Anthea stritt nicht mit ihr, denn sie wußte, wie begierig Nanny darauf war, den Klatsch zu hören, den man sich über die Vorgänge in Queen's Hoo an diesem Wochenende erzählen würde. Sie wußte nur zu gut, daß es über den neuen Besitzer des Herrenhauses eine Menge zu tratschen gab, nachdem er zum erstenmal auf seinem Landsitz geweilt hatte.

Nanny machte sich auf den Weg, und Anthea fragte sich, ob es leichtfertig von ihr war, wenn sie sich schon am frühen Morgen an den Flügel setzte. Da hörte sie eine Kutsche vor dem Haus vorfahren. Sie eilte hinaus in die Eingangshalle.

Zu ihrem Entsetzen sah sie draußen den Landarzt in seinem altmodischen Einspänner. Er war ein älterer Mann, den sie von Kindheit an kannte und sehr schätzte.

Als er vom Wagen stieg, ging Anthea ihm entgegen.

»Guten Morgen, Dr. Groves«, sagte sie. »Wie schön, Sie zu sehen.«

»Sie sehen reizend aus, meine Liebe, und sind glücklicherweise gesund.«

Zusammen gingen sie in das Haus, und Anthea fragte sich, warum der Doktor vorbeigekommen war und was er ihr zu sagen hatte. Nach einem Augenblick erklärte er es.

»Anthea, ich brauche Ihre Hilfe.«

»Selbstverständlich. Wer ist krank?«

Als Anthea diese Frage stellte, dachte sie an die Pensionäre, von denen die meisten sehr alt und oft bettlägrig waren und kaum noch selbst für sich kochen konnten. Deshalb brachten Anthea und Nanny ihnen täglich eine warme Mahlzeit.

Zu Antheas Erstaunen sagte der Doktor:

»Der Marquis ist in Schwierigkeiten. Es geht ihm nicht gut.«

Besorgt fragte Anthea: »Was fehlt ihm?«

»Er hat Grippe«, antwortete Dr. Groves. »Ich habe ihm bereits ein Mittel gegeben. Es soll das Fieber senken. Aber ich habe in meinem Schrank keine so wirksame Medizin stehen, wie Ihre Frau Mutter sie herstellen konnte. Doch ich weiß, daß Sie das Rezept dafür besitzen.«

»Ja, natürlich«, antwortete Anthea. »Ich habe oben eine Flasche davon stehen, aber sie ist am wirksamsten, wenn sie frisch zubereitet worden ist.«

»Eine Sommergrippe ist äußerst unangenehm. Der Marquis fühlt sich elend«, sagte Dr. Groves.

»Ich hole sofort die Medizin«, sagte Anthea.

Dr. Groves blickte nervös zur Standuhr hinüber, dann sagte er: »Wenn Sie das Medikament ins Herrenhaus hinüberbringen würden, wäre es mir eine große Hilfe. Ich muß so rasch wie möglich die drei Meilen zur Cosmet-Farm hinüberfahren. Mrs. Cosmet erwartet ein Baby. Sie hat mir einen dringenden Hilferuf geschickt und mich gebeten, so schnell wie möglich zu ihr zu kommen.«

»Das wird nun das siebente«, bemerkte Anthea.

»Ich schätze, es werden Zwillinge. In diesem Fall wären es acht.«

Dr. Groves lächelte und fügte hinzu: »Oft denke ich, eine ideale Familie sollte so groß sein wie die Ihre.«

Anthea lachte.

»Mama wollte noch einen zweiten Sohn und Papa eine zweite Tochter.«

»Großartig, wenn sie so hübsch geworden wären wie Sie! Man kann von schönen Dingen nie genug besitzen.«

Dr. Groves klopfte Anthea liebevoll auf die Schulter. Dann ging er rasch die Treppe hinunter und stieg in seinen Wagen.

»Bitte erklären Sie dem Diener des Marquis, wie viele Tropfen er ihm geben soll. Der Mann scheint intelligent zu sein. Er wird Ihre Anweisungen genau ausführen.«

Der Doktor fuhr ab, und Anthea winkte ihm nach.

Dann lief sie rasch ins Haus und die Treppe in den oberen Stock hinauf.

Sie fand sofort im Schrank die Flasche mit dem Medikament gegen die Sommergrippe. Sie hatte es nach dem Tod ihrer Mutter schon mehrmals hergestellt, wenn es gebraucht wurde.

Dr. Groves hatte recht, das Medikament war wirkungsvoller als jede Medizin, die er gewöhnlich in solchen Fällen verschrieb. Es linderte rasch die Beschwerden der Patienten.

Anthea erinnerte sich daran, daß Harry gesagt hatte, der Marquis habe einen scheußlichen Husten. Deshalb holte sie auch den Hustensaft ihrer Mutter aus dem Schrank. Sie hatte ihn hauptsächlich aus Honig und Kräutern hergestellt. Er vertrieb jeden Husten.

Anthea stellte beide Flaschen in einen kleinen Korb, setzte sich die Haube auf und machte sich auf den Weg zum Herrenhaus.

Sie überlegte, ob sie eine Gelegenheit finden würde, um dem Marquis für den Flügel zu danken und ihm zu sagen, wie glücklich sie darüber war.

Sie hätte gern noch einmal für ihn gespielt.

Es war wunderbar, daß er verstand, was sie mit ihren eigenen Kompositionen ausdrücken wollte. Niemals zuvor hatte jemand erkannt, daß sie in ihrer Musik das widergab, was sie sah und fühlte.

Vermutlich ahnte keiner seiner Gäste, die während der letzten Tage hier geweilt hatten, wie musikalisch er war.

Anthea brauchte nicht lange, um Queen's Hoo zu erreichen. In Gedanken versunken ging sie durch den Park.

Erst als sie in die Nähe des Hauses kam, sah sie den Phaeton mit zwei Pferden vor dem Haupteingang stehen.

Als sie dicht davorstand, fiel ihr auf, wie sehr die Pferde schwitzten. Vermutlich waren sie in rascher Fahrt von London hierhergekommen.

Anthea war sicher, daß niemand in der Nachbarschaft einen so teuren Wagen und so edle Pferde besaß.

Sie eilte die Stufen in die Eingangshalle hinauf und sagte zu dem dort stehenden Lakaien:

»Könnte ich bitten den Kammerdiener Seiner Lordschaft sprechen? Ich bringe auf Anweisung von Dr. Groves Medikamente für Lord Eaglescliffe. Er muß sie so rasch wie möglich einnehmen.«

»Ich hole Mr. Haynes sofort, Miss«, antwortete der Diener.

»Bitte warten Sie in der Bibliothek.«

Der Diener ging voraus und öffnete ihr die Tür zur Bibliothek, die den größten Teil dieses Traktes in Anspruch nahm.

Anthea war begeistert von den prachtvollen Büchern, die sich so sehr von jenen unterschieden, welche bis zum Verkauf von Queen's Hoo die Regale gefüllt hatten.

Als der Diener die Tür hinter ihr schließen wollte, fragte Anthea rasch: »Haben Seine Lordschaft Besuch? Und wissen Sie, wer es ist?«

»Ja, Miss. Lord Templeton traf kurz vor Ihnen hier ein. Er besitzt herrliche Rennpferde, wie ich gehört habe.«

Der Mann schloß hinter sich die Tür.

Lord Templeton – so früh am Morgen hier? Warum? fragte sich Anthea besorgt.

Allein schon der Gedanke an diesen Mann ängstigte sie und ließ sie die Gefahr spüren, in welcher der Marquis schwebte.

Sie stellte rasch den Korb mit der Medizin auf einen Tisch und lief so schnell sie konnte zum anderen Ende der Bibliothek.

Weil der Raum so groß war, besaß er zwei Kamine. Anthea wußte, daß neben dem einen die Tür zu einer Geheimtreppe lag, die direkt in das Schlafzimmer des Hausherrn führte.

Sie war atemlos, als sie den Kaminsims erreichte. Auf ihm lagen neben einer großen Uhr aus Marmor und Goldbronze zwei Duellpistolen. Man hatte sie zur Dekoration hingelegt. Ihre Griffe waren vergoldet und mit vielen kleinen, runden Smaragden verziert.

Ohne nachzudenken, aber mit einer Vorahnung, daß der Marquis in Lebensgefahr schwebte, nahm Anthea eine Pistole vom Kaminsims. Zwei Sekunden später öffnete sich die Geheimtür in der Wandtäfelung.

Anthea sah vor sich die Stufenleiter, die zum Schlafzimmer des Marquis führte und oben neben dem Kamin endete. Sie lag direkt gegenüber dem Geheimgang, den sie Samstag nacht benützt hatte.

Ihr Vater hatte immer gesagt, daß dies der ältere der beiden Geheimgänge war. Er war zur gleichen Zeit wie das Haus gebaut worden, um den Besitzer vor seinen Feinden zu schützen.

Rasch stieg Anthea hinauf und war sich klar, daß die schmutzigen Stufen nicht nur an ihren Händen, sondern auch an ihrem Kleid Spuren hinterlassen würden.

Als sie das Ende der Stufenleiter erreichte, fiel von irgendwoher ein schwacher Lichtschein herein, so daß sie nicht nach der Tür tasten mußte, die in das Schlafzimmer des Marquis führte.

Sie fand sofort den Türknopf, holte tief Luft und öffnete leise und vorsichtig die Geheimtür. Da diese direkt gegenüber dem großen Himmelbett lag, konnte Anthea sehen, daß der Marquis die Augen geschlossen hatte.

Sie war erleichtert, weil sie glaubte, er sei allein. Aber als sie die Tür weiter öffnen wollte, erschrak sie.

Lord Templeton stand neben den geschnitzten Pfosten am Kopfende des Bettes. Er griff zu ihrer Überraschung nach einem Kopfkissen, das neben dem Marquis lag, nahm es in beide Hände und ging leise auf Zehenspitzen auf die andere Seite des Bettes. Dort blieb er dicht neben dem Marquis stehen.

Als Anthea dies beobachtete, erriet sie entsetzt, was er vorhatte.

Lord Templeton hielt das Kopfkissen an beiden Enden fest und hob es über den Kopf des Marquis. Anthea wußte plötzlich, daß er es ihm auf das Gesicht pressen und ihn damit ersticken wollte.

Sie stieß die Tür ganz auf, zielte mit der Pistole in seine Richtung und schrie:

»Halt! Halt! Hören Sie sofort damit auf!«

Lord Templeton, ein korpulenter Mann in mittleren Jahren mit einem roten Gesicht und grauen Haaren, drehte sich erstaunt um. Er hielt das Kissen über das Gesicht des Marquis, aber er preßte es nicht darauf, wie er es vorgehabt hatte.

Während er Anthea anstarrte, ging am anderen Ende des Zimmers die Tür auf und Haynes trat mit dem kleinen Korb ein, den Anthea in der Bibliothek hatte stehenlassen.

Lord Templeton bemerkte Haynes nicht, weil er zu Anthea hinüberblickte.

»Wer sind Sie und was wollen Sie?« fragte er scharf.

»Wenn Sie das Kopfkissen nicht sofort beiseite legen, erschieße ich Sie!« schrie Anthea.

Sie war sich bewußt, daß die Pistole ungeladen war, aber Lord Templeton wußte das nicht. Er mußte damit rechnen, daß sie ihre Drohung wahrmachte.

Der Marquis bewegte sich und schob das Kissen über seinem Kopf weg. Dann setzte er sich im Bett auf.

»Sie wollten es also noch einmal versuchen und mich umbringen, Templeton, nachdem Sie schon Milly überredet hatten, mich im Schlaf mit einem Stilett zu erstechen. Dieses Mal habe ich Sie auf frischer Tat ertappt!

Sie haben vierundzwanzig Stunden Zeit das Land zu

verlassen, ehe ich Sie anklagen lasse. Dann landen Sie mit Sicherheit im Old Bailey!«

»Anklage? Wofür anklagen?« brauste Lord Templeton auf, und sein Gesicht wurde noch röter als es schon war.

»Sie wollten Seine Lordschaft umbringen! Ich habe es mit meinen eigenen Augen gesehen!« rief Haynes.

Lord Templeton drehte sich um und lachte höhnisch.

»Wer würde Ihnen einen solchen Unsinn glauben? Ich würde es kategorisch leugnen!« schrie er.

»Sie werden das Land sofort verlassen!« sagte der Marquis. »Ich habe genug von Ihren Intrigen!«

»Klagen Sie mich ruhig an!« schrie Lord Templeton. »Und seien Sie verflucht! Niemand wird den Worten eines Dieners und einer Dirne glauben!«

Anthea senkte die Pistole, die sie bis jetzt auf Lord Templeton gerichtet hatte. Sie trat in das Schlafzimmer.

»Ich bin jederzeit bereit, gegen Sie auszusagen, Mylord. Mein Name ist Anthea Brooke. Ich bin die Tochter von Lord Colnbrooke.«

Lord Templeton starrte sie feindselig an. Mit einem Knurren, das dem eines gereizten Tieres glich, ging er durch das Zimmer zur Tür.

»Vierundzwanzig Stunden, Templeton!« sagte der Marquis scharf. »Und ich meine, was ich sage!«

Lord Templeton antwortete nicht. Er schlug hart die Tür hinter sich zu.

Einen Augenblick herrschte Schweigen im Zimmer. Dann sagte der Marquis erschöpft:

»Vergewissere dich, Haynes, daß er das Haus verläßt, und bleibe ihm auf den Fersen.«

Haynes hatte wie in Trance beobachtet, was vorgegangen war. Er drückte Anthea den Korb in die Hand. Dann riß er die Tür auf, und sie hörten, wie er den Korridor entlang Lord Templeton hinterherrannte.

Antheas ganze Aufmerksamkeit galt nun dem Marquis.

Als ob die Anstrengung für ihn zu groß gewesen wäre, ließ er sich in die Kissen fallen und schloß die Augen.

Anthea fürchtete, er würde bewußtlos werden. Rasch warf sie das Kissen, mit dem Lord Templeton den Marquis hatte ersticken wollen, auf den Fußboden.

Dann stellte sie den kleinen Korb auf einen daneben stehenden Tisch und nahm die beiden Medizinflaschen heraus.

Sie hatte ein winziges Glas mitgebracht, mit dem ihre Mutter immer die Medizin abgemessen hatte, die sie ihren Patienten verabreichte. Ein Diamantschnitt markierte genau die Stelle, die das Maß von zwei Eßlöffeln anzeigte.

Sie zog sich ungeduldig die Haube vom Kopf und legte sie auf einen Stuhl. Dann füllte sie das kleine Glas bis zur Markierung mit dem Medikament und ging zum Bett. Vorsichtig schob sie eine Hand unter den Kopf des Marquis und hob ihn leicht an, so daß er die Medizin trinken konnte.

Er hielt die Augen geschlossen. Anthea vermutete, daß er hohes Fieber hatte, denn seine Stirn war sehr heiß.

Aber er war bei Bewußtsein, nahm wahr, was um ihn herum geschah, und schluckte die Medizin, die sie ihm an die Lippen hielt.

»Bald wird es Ihnen besser gehen«, sagte Anthea ruhig und in einem Tonfall, in dem sie auch mit einem Kind gesprochen hätte. »Das Fieber wird heruntergehen, und Sie werden sich wohler fühlen.«

Als er das Glas leergetrunken hatte, legte sie seinen Kopf zurück in die Kissen. Sie glättete sein Bettuch und hob das Kopfkissen auf, mit dem Lord Templeton den

Marquis hatte ersticken wollen. Sie trug es auf die andere Seite des Bettes.

Dann ging sie zurück zum Marquis und legte noch einmal vorsichtig eine Hand auf seine Stirn. Sie fühlte sich heiß und trocken an.

Anthea wußte, daß eine Sommergrippe oft von hohem Fieber begleitet wurde. Als ihre Hand auf seiner Stirn lag, sagte der Marquis mit schwacher Stimme, ohne die Augen zu öffnen:

»Bitte… spielen Sie mir… etwas vor.«

Dies hatte sie nicht erwartet. Sie blickte sich suchend im Zimmer um, ob irgendwo ein Klavier stand, das sie vielleicht übersehen hatte. Dann ging sie hinüber zu der Tür, die zum Boudoir führte, und öffnete sie.

Anthea hatte das Boudoir nicht mehr betreten, seitdem sie die Möbel ihrer Mutter in das Dower Haus hinübergebracht hatten. Harry hatte auch diesen Raum renovieren und neu einrichten lassen. Die Möbel, die er dafür ausgesucht hatte, waren mit der letzten Ladung aus London gekommen.

Die weiße Wandtäfelung des Zimmers war mit goldenen Blättern verziert und sah erlesen aus; die Polstermöbel aus der Zeit Ludwig XIV. waren mit blauem Brokat überzogen und paßten vorzüglich zu den Fenstervorhängen. An der gegenüberliegenden Wand stand der Flügel, den Anthea zu sehen gehofft hatte.

Es war ein herrliches Instrument. Die Seitenteile waren mit Schmuckplatten aus Sèvres-Porzellan verziert, und ihr Blau harmonisierte mit den Vorhängen. Auch die Beine waren kunstvoll gearbeitet.

Anthea hätte nie gedacht, daß ein Musikinstrument so prachtvoll aussehen konnte. Als sie den Deckel hob, kam sie aus dem Staunen nicht heraus. Obwohl das Instrument sehr alt war, würde es wesentlich besser klingen als ihr Spinett, auf dem sie bisher zu Hause gespielt hatte. Sie sah, daß auch die Klaviatur ausgewechselt worden war. Der Flügel besaß die neueste Mechanik, wie das Instrument, das nun in ihrem Wohnzimmer stand.

Anthea setzte sich davor, und als ihre Finger über die Tasten glitten, sagte sie sich, daß nur der Marquis es fertigbrachte, ein antikes Instrument so vorzüglich restaurieren zu lassen. Sie dankte ihm nun mit ihrer Musik, wie sie es eigentlich mit Worten hatte tun wollen.

Als erstes spielte sie ein Stück, von dem sie sicher war, daß er es als Dank für sein Geschenk erkennen würde, das ihr wichtiger war als alles andere, was er sich für sie hätte ausdenken können.

Mochten seine Freunde den Ballettänzerinnen Diamanten und Juwelen aller Art verehren, sie selbst zog einen Flügel jedem anderen Geschenk vor.

Dies erzählte sie ihm mit ihrer Musik, und dann bat sie ihn, rasch gesund zu werden.

Draußen schien die Sonne, die Vögel zwitscherten in den Bäumen, und es gab für ihn auf seinem neuen Anwesen so viel zu sehen und zu erforschen. Sie erzählte von den kleinen Flüssen, in denen ihr Vater oft Fische geangelt und zum Frühstück mit nach Hause gebracht hatte, von den Feldern, auf denen im Herbst Rebhühner zu sehen waren, und den Fasanen in den Wäldern. Viel Wild gab es im Park, das sich während der letzten Jahre stark vermehrt hatte, weil niemand es jagte.

Und sie beschrieb ihm die kleinen roten Eichhörnchen mit den buschigen Schwänzen, die ihre Nußvorräte unter den Bäumen versteckten. Sie sprach von allem, was sie liebte. Und weil es ihr so viel bedeutete, wollte sie, daß auch er seine Freude daran hatte.

»Alles gehört Ihnen«, versuchte sie ihm zu sagen. »Und Sie müssen wissen, daß es Ihrer Fürsorge und Zuneigung bedarf; ebenso die alten Leute in den Cottages und die Kinder, die nur dann die Schule besuchen können, wenn Sie ihre Lehrer bezahlen.«

Sie spielte lange auf dem Flügel, denn sie hatte ihm viel zu sagen.

Als Haynes neben sie trat, sah sie ihn fragend an und nahm die Finger von den Tasten.

»Seine Lordschaft schläft jetzt, Miss«, flüsterte er. »Ich glaube, sein Fieber ist heruntergegangen.«

Anthea stand rasch auf und ging ins Schlafzimmer.

Haynes hatte recht. Schweißperlen standen dem Marquis auf der Stirn. Als sie vorsichtig seinen Puls fühlte, merkte sie, daß seine Temperatur gesunken war. Sein Handgelenk war nicht mehr so heiß wie zuvor.

Sie ging zurück ins Boudoir und gab Haynes ein Zeichen, er möge ihr folgen.

»Wenn Seine Lordschaft aufwacht, geben Sie ihm ein weiteres Glas von der Medizin, die ich mitgebracht habe«, sagte sie leise. »Und überreden Sie ihn dazu, mit der Flüssigkeit aus der großen Flasche zu gurgeln. Das wird ihm helfen.«

Haynes nickte, und Anthea fuhr fort: »Ich gehe jetzt nach Hause und bereite die Medizin für die Nacht vor. Werden Sie bei ihm bleiben?«

Plötzlich fürchtete sie, Lord Templeton könnte wieder zurückkommen und noch einmal versuchen, den Marquis zu ermorden. Sie konnte es fast nicht glauben, daß er unterwürfig ins Ausland gehen würde, wie der Marquis es ihm befohlen hatte.

»Ich lasse Seine Lordschaft nicht aus den Augen«, flüsterte Haynes. »Und wenn dieser verdammte Kerl sich noch einmal in seine Nähe wagen sollte, dann durchsiebe ich ihn mit einer Ladung Blei, so daß sein letztes Stündchen geschlagen hat.«

Die Art, wie er sprach, sagte Anthea, wie sehr Haynes seinem Herrn ergeben war.

Sie lächelte Haynes an, als sie ihre Haube aufsetzte und die Bänder unter ihrem Kinn verknotete. Haynes reichte ihr den leeren Korb. Anthea verließ das Boudoir durch die Tür, die in den Korridor führte.

Sie hätte gern noch einen Blick auf den Marquis geworfen, aber sie fürchtete, Haynes wäre erstaunt darüber gewesen.

Rasch eilte sie nach Hause, denn sie hatte sich bereits zum Mittagessen verspätet. Nanny würde sich schon fragen, wo sie so lange blieb. Doch sie durfte weder Nanny noch Harry erzählen, daß sie dem Marquis ein zweites Mal das Leben gerettet hatte.

6. Kapitel

Sie brauchte eine Weile, bis sie die neue Medizin für den Marquis zubereitet hatte.

Zuerst fürchtete sie, sie würde die benötigten Kräuter im Garten vor Dower House nicht finden und müßte hinüber zum Herrenhaus gehen, wo ihre Mutter sie in dem Kräutergarten angepflanzt hatte.

Glücklicherweise entdeckte sie einige wildgewachsene Kräuter in einer Ecke des Gartens. Bis sie die Heilkräuter kleingeschnitten und alle Ingredenzien hinzugefügt hatte, war es Nachmittag geworden. Trotzdem ging sie rasch zum Herrenhaus hinüber und hoffte, Harry würde ihr nicht begegnen. Als sie den Haupteingang von Queen's Hoo erreichte, fragte sie nach Haynes.

Wieder wurde sie in die Bibliothek geführt; dieses Mal hatte sie genügend Zeit, sich darin umzusehen und die Schönheit des Raumes zu bewundern. Sie hätte gern alle Bücher gelesen, die hier standen und vermutlich nicht so alt waren wie jene, die sie in das Dower House mitgenommen hatte.

Sie mußte nicht lange warten bis Haynes erschien.

»Ich habe Sie sehnlichst herbeigewünscht, Miss«, sagte er fast vorwurfsvoll. »Seine Lordschaft hat fast die ganze Medizin geschluckt, die in den Flaschen war.«

»Wie geht es seiner Lordschaft jetzt?« fragte Anthea.

»Er schläft, Miss. Ich habe mich gerade gefragt, ob ich ihn wecken soll, um ihm noch eine weitere Dosis zu geben.«

»Darf ich ihn kurz sehen?« fragte Anthea.

»Ja, natürlich, Miss.«

Haynes begleitete sie die Treppe hinauf und den Korridor entlang. Als sie das Schlafzimmer des Hausherrn betraten, ging Haynes leise zum Bett und sah nach, ob der Marquis noch schlief. Anthea blieb an der Tür stehen, aber Haynes winkte sie zu sich.

Leise ging Anthea über den dicken Teppich zum Bett. Der Marquis schlief fest. Vorsichtig legte sie ihm eine Hand auf die Stirn. Sie war kühl und die Haut nicht mehr so trocken wie zuvor, als das Fieber noch sehr hoch gewesen war.

Sie betrachtete ihn und fand, daß er nun nicht mehr der furchteinflößende, imposante, überlegene Marquis war, vor dem sie und viele andere sich gefürchtet hatten, sondern ein vom Fieber geschwächter junger Mann, der wie eine der gefällten Eichen im Park dalag.

Die zynischen Falten um seinen Mund waren völlig verschwunden, und ein Lächeln lag auf seinen Lippen. Sie fragte sich, ob sie jemals erfahren würde, was ihn so desillusioniert hatte, daß er die Welt nicht schön und aufregend fand.

Als sie sich vom Bett abwandte und zur Tür ging, wo Haynes auf sie wartete, dachte sie, daß der Marquis jetzt wie ein kleiner Junge aussah, der viel Liebe und Zärtlichkeit brauchte, weil er krank war.

Sie trat in den Korridor hinaus, und als Haynes ihr folgte und die Tür hinter sich schloß, sagte sie:

»Ich glaube, Seiner Lordschaft geht es schon etwas besser. Geben Sie ihm so viel Medizin wie bisher, und in der Nacht noch einmal die gleiche Dosis. Dann wird er gut schlafen.«

»Ihre Medizin ist das reinste Wundermittel, Miss«, sagte Haynes. »Ich habe es noch niemals erlebt, daß jemand so rasch vom Fieber befreit wurde wie Seine Lordschaft heute.«

»Beschwören Sie es nicht!« warnte ihn Anthea. »Nun ist es sehr wichtig, daß er nicht zu früh aufsteht und sich überanstrengt.«

Sie erinnerte sich daran, daß ihre Mutter ihr dies einmal gesagt hatte, als nach einem ungewöhnlich strengen Winter im Frühling eine Grippeepidemie ausgebrochen war. Alle hatten damals nach der Medizin ihrer Mutter verlangt.

»Ich werde Ihre Ratschläge befolgen, Miss«, sagte Haynes. Er grinste. »Aber Sie kennen Seine Lordschaft – wenn er sich etwas in den Kopf gesetzt hat, kann man ihn nicht davon abbringen.«

»Morgen wird er noch sehr schwach sein«, erklärte Anthea. »Überreden Sie ihn dazu, im Bett zu bleiben und so lange wie möglich zu schlafen.«

»Am besten Sie kämen morgen früh wieder vorbei und sagen ihm das selbst.«

Anthea lachte.

»Ich glaube nicht, daß Seine Lordschaft auf mich hören würde.«

»Da bin ich nicht so sicher«, antwortete Haynes. »Sie haben ihm das Leben gerettet. Wenn Sie nicht rechtzeitig erkannt hätten, was Lord Templeton tun wollte, müßten wir jetzt eine Beerdigung vorbereiten.«

Anthea schauderte.

»Reden wir nicht mehr davon«, sagte sie. »Hoffentlich verläßt der Mann England, wie seine Lordschaft es ihm befohlen hat.«

»Wenn Sie mich fragen, fürchtet er sich zu sehr, um hier zu bleiben«, erwiderte Haynes. »Aber ich will trotzdem nichts riskieren und habe jetzt immer eine geladene Pistole bei mir.«

Als sie das Ende der Treppe erreichten, blieb Anthea stehen.

»Sind Sie sicher, daß Sie auch heute nacht bei Seiner Lordschaft Wache halten können?« fragte sie. »Mich beunruhigt der Gedanke, was Lord Templeton bis Mittwoch noch alles anstellen könnte.«

»Seien Sie unbesorgt, ich lasse nicht zu, daß Seiner Lordschaft ein Leid zugefügt wird«, antwortete Haynes. »Da können Sie ganz sicher sein! Wir beide waren auf die eine oder andere Art schon oft in Schwierigkeiten und haben sie immer gemeistert.«

»Ich hoffe, Sie haben recht«, erwiderte Anthea. »Aber wie Sie selbst sagten, wir dürfen nichts riskieren.«

Sie verabschiedete sich von Haynes und ging durch den Park zum Dower House.

Die Schatten wurden länger, und die Vögel ließen sich zum Schlaf nieder. Wie schön und friedlich doch alles war, dachte Anthea; und andererseits so furchtbar, daß es Menschen wie Lord Templeton gab, die andere nur um des Geldes willen töten wollten.

Als ihr bewußt wurde, wie spät es geworden war, lief sie die letzten fünfzig Meter zum Dower House, denn sie fürchtete plötzlich, Harry könnte schon auf sie warten, und sie müßte ihm erklären, wo sie so lange gewesen war.

Sie würde ihm einfach erzählen, daß Dr. Groves sie um die Medizin ihrer Mutter gegen die Sommergrippe gebeten hatte. Aber was sollte sie sagen, wenn er sie danach fragte, ob sie den Marquis gesehen habe.

Für sie war er nun nicht mehr nur der neue Besitzer, über den sie vorher viel Unerfreuliches gehört hatte und den viele fürchteten, ja sogar haßten. Ihr bedeutete er viel, weil ihre Beziehung sich so außergewöhnlich entwickelt hatte.

Zweimal hatte sie ihm das Leben gerettet, und es war ihr ganz und gar nicht gleichgültig, was ihn in Zukunft erwartete. Aber darüber konnte sie mit ihrem Bruder nicht sprechen.

Glücklicherweise war nur Nanny zu Hause, die sie tadelte, weil sie so spät kam.

»Man sollte meinen, Seine Lordschaft kann sich mit seinem Geld einen guten Doktor leisten, der ihn verarztet und sich um ihn kümmert«, nörgelte Nanny.

»Du weißt so gut wie ich, Nanny, daß Mamas Medizin wesentlich besser ist, als alle Medikamente, die Dr. Groves ihm verschreiben kann.«

»Und was ist mit den gescheiten Ärzten in London?« fragte Nanny barsch. »Soviel ich weiß, stehen Seiner Königlichen Hoheit mehr als genug zur Verfügung.«

Anthea lachte.

»Ich glaube nicht, daß der Marquis oft krank ist«, erwiderte sie. »Vermutlich ist es eine außergewöhnliche Erfahrung für ihn. Eine Grippe hat keinen Respekt vor irgendeiner Person.«

»Schön und gut. Dann geben Sie nur acht, daß Sie sich nicht selber anstecken«, murrte Nanny. »Ich habe schon genug zu tun. Ich möchte nicht auch noch Master Harry gesundpflegen müssen.«

Nanny stolzierte aus der Küche, und Anthea wußte, daß ihre Aufregung nur daher rührte, weil sie sich um ihre beiden »Kinder«, wie sie sie immer nannte, Sorgen machte. Sie wollte sie vor allem Unheil bewahren.

Als Harry nach Hause kam, hatte Anthea bereits ihr einfaches Musselinkleid angezogen.

Sie setzten sich an den Tisch, und Harry sprach ausführlich über den Brand, der auf der Farm ausgebrochen war. Nun war es dringend nötig, daß eine neue Molkerei gebaut wurde, sagte er.

Dieses Thema beschäftigte Harry solange, bis sie zu Bett gingen. Und am nächsten Morgen hatte er es so eilig, hinüber ins Herrenhaus zu kommen, daß er sein Frühstück herunterschlang und so wenig wie möglich redete.

Als er fort war, überlegte Anthea, ob auch sie Queen's Hoo besuchen sollte, um das Neueste über den Marquis zu erfahren. Dann sagte sie sich, wenn sich sein Zustand in der Nacht verschlechtert hätte, wäre Haynes herübergekommen oder hätte nach ihr geschickt.

Ruhelos lief sie durch das Haus und sorgte sich um den Marquis, weil sie keine Ahnung hatte, wie es ihm ging.

Doch eines wußte sie sicher, sie würde noch mehr Medizin nach dem Rezept ihrer Mutter herstellen, bis der Marquis völlig genesen war. Dazu mußte sie auf jeden Fall in den Garten von Queen's Hoo gehen, denn in ihrem eigenen fand sie keine Heilkräuter mehr.

Als sie noch überlegte, was sie tun sollte, kam Harry, früher als gewöhnlich, zum Mittagessen nach Hause.

»Was weißt du Neues über den Marquis? Geht es ihm schon besser?«

»Ich denke, ja«, antwortete Harry gleichgültig. »Er war in seinem Zimmer. Ich habe ihn nicht gesehen.«

»Hast du dich nicht nach ihm erkundigt?« fragte Anthea.

»Nein, warum auch? Wenn er mich braucht, wird er mich rufen lassen«, antwortete Harry. »Ich habe noch tausend Dinge zu erledigen, und es ist für mich eine Wohltat, einmal ein paar Stunden mein eigener Herr zu sein, das kannst du mir glauben.«

Anthea konnte es ihm nachfühlen. Aber was immer Harry auch dachte, sie würde am Nachmittag hinüber nach Queen's Hoo gehen.

Sie hatten gerade die leichte Mahlzeit beendet, die Nanny für sie zubereitet hatte, als sie draußen einen Wagen vorfahren hörten.

Harry blickte erstaunt auf und sagte: »Ich frage mich, wer das sein kann.«

Einen Augenblick später ging die Eßzimmertür auf und Charlie trat ein.

»Guter Gott, Charlie, dich habe ich am wenigsten erwartet!« rief Harry.

»Ich muß unbedingt mit dir sprechen«, erwiderte Charlie.

Er warf seinen Hut, den er getragen hatte, als er das Haus betrat, auf einen Stuhl.

Die Art, wie er sprach, ließ Anthea aufhorchen.

»Setz dich und trinke etwas. Oder möchtest du eine Kleinigkeit essen?« fragte Harry.

»Später. Aber zuerst möchte ich euch erzählen, weshalb ich in einer Rekordzeit von London hierhergekommen bin.«

Er war so ernst, daß weder Anthea noch Harry etwas darauf erwiderten.

Charlie setzte sich zu ihnen an den Tisch. Er blickte Anthea an und sagte: »Ich weiß nicht, wie ich es dir berichten soll, Anthea. Ich fürchte, es wird dich sehr aufregen.«

»Schieß los, Charlie, und schleiche nicht wie eine Katze um den heißen Brei herum!« rief Harry. »Erzähle uns, was geschehen ist. Und es muß etwas Furchtbares passiert sein, sonst wärst du nicht ohne Anmeldung hergekommen.«

Charlie blickte Anthea an, und Furcht stieg in ihr auf.

»Was ist… geschehen?« fragte sie leise.

»Ich kann mir nicht denken, daß du jemals etwas von einem Mann namens Lord Templeton gehört hast«, sagte Charlie. »Aber Harry kennt ihn.«

Anthea preßte die Hände zusammen. Sie wurde sehr blaß. Aber da sie schwieg, fuhr Charlie fort:

»Er ist ein jähzorniger Trunkenbold. Ich habe ihn noch nie gemocht. Jedermann bei White's weiß seit langem, daß er um hohe Einsätze spielt und seine Gläubiger ihm sehr zusetzen.«

»Was hat das mit Anthea zu tun?« fragte Harry ärgerlich.

»Ich komme sofort darauf«, antwortete Charlie.

Es entstand eine kleine Pause, dann sagte er:

»Wie ich hörte, war Templeton letzte Nacht bei White's. Er betrank sich fast bis zur Besinnungslosigkeit. Aber ehe man ihn hinaustrug, erzählte er allen, die es wissen wollten – und einige davon sind meine Freunde –, daß Eaglescliffe ihn mit unwahren und verleumderischen Behauptungen aus England vertreiben will.

Er sagte, Eaglescliffe würde darin von einer jungen Frau unterstützt, die in dessen Schlafzimmer war. Sie hatte eine Pistole auf ihn gerichtet und sein Leben bedroht.«

Anthea holte tief Luft, denn sie ahnte, was er als nächstes erzählen würde.

»Templeton versicherte, die junge Frau habe Anthea Brooke geheißen«, sagte Charlie ernst. »Sie sei die Schwester von Harry Colnbrooke.«

Als Charlie zu Ende gesprochen hatte, schlug Harry mit der Faust auf den Tisch.

»Das ist die größte Unverschämtheit, die ich je gehört habe!« schrie er. »Wie kann Templeton es wagen, etwas

Derartiges über Anthea zu behaupten? Du mußt den Namen falsch verstanden haben. Ich werde ihn sofort in aller Öffentlichkeit zur Rechenschaft ziehen. Je eher desto besser!«

»Genau das dachte ich auch, als ich es hörte«, stimmte Charlie ihm zu. »Aber das Erstaunliche ist, Templetons Pferd nimmt nicht mehr am Derby teil. Wenn ich meinen Freunden glauben darf, hat er sich bereits tatsächlich ins Ausland abgesetzt.«

»Wieso und warum?« fragte Harry. »Aber gleichgültig, wo immer er auch ist, ich werde ihn finden und dafür sorgen, daß Antheas Name wieder reingewaschen wird, und wenn es das letzte ist, was ich tue.«

Harry war so aufgeregt, daß Anthea es nicht länger ertragen konnte. Sie stand vom Tisch auf und verließ ohne ein Wort zu sagen das Eßzimmer.

Als sie die Tür hinter sich schloß, hörte sie Harry erregt sagen: »Nun siehst du, was da herauskommt. Man muß dem Mann sofort Einhalt gebieten!«

Anthea wollte nicht noch mehr mitanhören. Sie lief, so rasch sie konnte, aus dem Haus und auf dem kürzesten Weg nach Queen's Hoo. Es gab nur einen Menschen, der ihr helfen konnte und der sie verstehen würde.

Ehe sie Harry erzählen konnte, was wirklich geschehen war, mußte sie mit dem Marquis sprechen. Es war von ihr ein Fehler gewesen, daß sie nicht schon früher ihrem Bruder berichtet hatte, was vorgefallen war. Sie machte sich jetzt Vorwürfe, daß sie es vor ihm zu verheimlichen gehofft hatte.

Aber sie hatte ihrem Bruder nicht sagen wollen, daß der Marquis sie in sein Schlafzimmer mitgenommen und geküßt hatte, und sie sich im Geheimgang versteckt hatte, als sie sich vor ihm zu fürchten begann.

Je länger sie darüber nachdachte, umso unmöglicher schien es, ihrem Bruder plausibel die Vorgänge zu erklären, die sich abgespielt hatten, bis sie schließlich den Marquis davor rettete, mit einem Stilett erstochen und am Tag darauf von Lord Templeton erstickt zu werden.

»Was soll ich tun? Was soll ich nur tun?« fragte sie sich, außer sich vor Furcht.

Sie wußte, nur der Marquis konnte dieses Problem lösen. Als sie das Ende des Parks erreichte und Queen's Hoo vor sich liegen sah, lief sie ein wenig langsamer und versuchte zu Atem zu kommen.

Erst als sie die Stufen zum Haupteingang hinaufging, wurde sie sich bewußt, daß sie ohne Hut und mit zerzaustem Haar weggelaufen war.

Mit großer Anstrengung zwang sie sich nun, das Haus würdevoll zu betreten.

»Ich muß sofort Seine Lordschaft sprechen«, sagte sie zu dem Diener.

Es war der gleiche, der tags zuvor Haynes für sie geholt hatte. Lächelnd sagte er:

»Selbstverständlich, Miss. Mr. Haynes ist oben bei Seiner Lordschaft. Wollen Sie gleich zu ihm hinaufgehen?«

»Ja, danke«, antwortete Anthea.

Der Diener ging voraus, und Anthea versuchte immer noch, ihren Atem unter Kontrolle zu bekommen, als sie ihm folgte.

Sie gingen den Korridor entlang, der zum Schlafzimmer des Marquis führte. Als der Diener an die Tür klopfte, öffnete Haynes sie.

Der Bedienstete brauchte keine Erklärung abzugeben, denn Haynes kam sofort aus dem Zimmer und sagte: »Ich freue mich, Sie zu sehen, Miss. Ich habe eine große Überraschung für Sie.«

»Ich muß sofort... Seine Lordschaft... sprechen«, sagte Anthea mit einer völlig veränderten Stimme.

»Selbstverständlich«, erwiderte Haynes. »Seine Lordschaft wird sich sehr freuen, Sie zu sehen. Er weiß, wieviel er Ihnen schuldet.«

Haynes wartete ihre Antwort nicht ab, sondern ging in das Zimmer und meldete Anthea an.

»Miss Anthea, Mylord. Ich glaube, sie kommt genau im richtigen Augenblick.«

Anthea sah, daß der Marquis nicht im Bett lag, wie sie es erwartet hatte, sondern in einem Armsessel neben dem Fenster saß.

Das Fenster stand offen, und die Sonne schien auf sein dunkles Haar. Er trug einen dunkelblauen, samtenen Hausmantel, unter dem der weiße Kragen des Nachthemds hervorsah. Man konnte glauben, er sei angekleidet.

Er sah völlig anders aus als am Tag zuvor, an dem er schwach und mitgenommen in seinen Kissen gelegen hatte.

Anthea blieb in der Mitte des Zimmers stehen und blickte zu ihm hinüber. Als sie hörte, wie Haynes die Tür hinter sich schloß, lief sie zum Marquis. Sie suchte nach Worten. Schließlich sagte sie stammelnd:

»Es ist etwas... Furchtbares... geschehen. Ich brauche... dringend Ihre... Hilfe. Ich brauche sie sehr...«

Der Marquis streckte ihr die Hand hin und fragte mit ruhiger Stimme: »Was ist passiert? Warum sind Sie so außer sich?«

Anthea nahm seine Hand und kniete, ohne darüber nachzudenken, neben seinem Stuhl nieder.

Sie umklammerte seine Hand, als wäre sie ein Rettungsring. Sein fester Händedruck gab ihr die Kraft, die sie jetzt benötigte.

»Es geht um... Lord Templeton«, sagte sie unzusammenhängend.

Er hielt fest ihre Hand.

»Was hat der Schuft Ihnen getan?«

»Wie Sie es ihm befohlen haben, ging er ins Ausland. Aber letzte Nacht erzählte er im White's Club, daß Sie... ihn gezwungen haben... das Land zu verlassen... indem Sie eine ehrenrührige Anklage gegen ihn erheben wollen.«

Der Marquis lachte kurz.

»Ich habe nichts anderes von ihm erwartet.«

Als er Antheas ängstliche Miene sah, wußte er, daß dies noch nicht das Ende der Geschichte war.

»Und was erzählte er noch?« fragte der Marquis.

»Er sagte... ich wäre in Ihrem... Schlafzimmer gewesen und hätte gedroht, ihn... zu erschießen«, antwortete Anthea so leise, daß ihre Stimme kaum zu hören war.

»Nannte er Ihren Namen?« fragte der Marquis.

»Ja, vor mehreren Leuten... Und einige von ihnen sind... Harrys und Charlies Freunde.«

Der Marquis preßte die Lippen zusammen und zog die Stirn in Falten.

»Templeton war immer ein Querulant. Aber dies ist widerwärtig«, sagte der Marquis.

»Es macht mir nichts aus, daß er in London... über mich gesprochen hat. Aber ich weiß nicht, wie ich... Harry die Wahrheit sagen soll... Ich fürchte..., er wird mir niemals verzeihen... daß ich Ihr... Schlafzimmer betreten habe.«

Der Marquis schwieg, und nach einem Augenblick sagte Anthea: »Bitte... bitte helfen Sie mir! Ich weiß, es ist für Sie... nicht von Bedeutung. Harry ist der einzige aus meiner Familie, den ich habe. Er ist der einzige auf der Welt, der mich... liebt. Ich will seine Liebe... nicht verlieren.«

Tränen traten ihr in die Augen und liefen ihr die Wangen herab. Der Marquis sah sie zärtlich an, und Anthea hatte das Gefühl, daß er seine Worte sorgfältig überlegte, ehe er sagte:

»Wir müssen sehr klug vorgehen, Anthea. Sie haben genau das richtige getan, als Sie zu mir kamen und mich nun um Hilfe bitten. Was haben Sie Harry und seinem Freund Charlie erzählt?«

»Ich sagte nichts«, antwortete Anthea. »Wir hatten gerade unser Mittagessen beendet, als Charlie bei uns eintraf... Als er uns erzählte, was Lord Templeton über mich gesagt hatte, verließ ich Hals über Kopf das Eßzimmer und lief... zu Ihnen.«

»Das war vernünftig«, sagte der Marquis. »Und weil Sie klug sind, werden wir gemeinsam einen Ausweg aus dem Schlamassel finden, der Harry nicht erzürnen wird.«

»Sie meinen, er wird nicht wütend darüber sein... daß ich in Ihrem... Schlafzimmer war? Nicht zornig darüber, daß ich bei... Ihnen war und... ihm nichts davon... erzählt habe?«

»Wollen Sie damit sagen, er weiß nicht, daß wir beide uns kennengelernt haben?« fragte der Marquis ungläubig.

»Harry weiß, daß Sie mit... Miss Meldosio gesprochen haben... und Sie Miss Meldosio baten, den Flügel bei ihr... unterstellen zu dürfen... und daß ich noch keine Gelegenheit hatte, Ihnen dafür zu danken.«

»Sie müssen sich nicht bedanken«, antwortete der Marquis. »Ich dachte, ich hätte das Problem sehr geschickt gelöst.«

»Sie haben es klug angestellt. Harry nimmt an, daß ich

nur dieses eine Mal mit Ihnen gesprochen habe. Er weiß nicht, daß ich auch im Salon Klavier spielte.«

»Ich verstehe«, sagte der Marquis nachdenklich.

»Als ich am Samstag in der Nacht nach Hause kam, schlief Harry schon. Nanny versprach mir, Harry nicht zu erzählen, wie spät es war.«

»Die Lage ist komplizierter, als ich dachte«, sagte der Marquis.

»Bitte... bitten sagen Sie mir, was ich tun soll. Und wenn ich es bedenke, wird Harry jetzt sehr erstaunt sein, daß ich zu... Ihnen gelaufen bin.«

Nach einem Augenblick sagte der Marquis: »Ich glaube, wir sollten die Tatsache herausstellen, daß Ihr Mut mein Leben gerettet hat. Wenn wir die Geschichte so erzählen, wird Ihr Bruder nicht schockiert sein.«

»Bitte verraten Sie ihm nicht... daß Sie mich... geküßt haben«, flüsterte Anthea.

Sie konnte den Marquis nicht ansehen, während sie sprach. Ruhig erwiderte er:

»Nein, natürlich nicht. Das geht nur uns beide etwas an, Sie und mich, Anthea.«

Sie war so erleichtert darüber, daß sie kurz ihren Kopf an sein Knie lehnte und seine Hand losließ.

»Es wird alles gut werden«, sagte er. »Wir werden uns aus diesen Schwierigkeiten befreien, wie Sie mich davor bewahrt haben, von Milly erstochen und von Templeton erstickt zu werden.«

»Glauben Sie das wirklich?«

»Überlassen Sie das alles mir«, antwortete der Marquis. »Ich glaube, Sie sind eine schlechte Lügnerin, Anthea. Und selbst, wenn Ihre Lippen es nicht tun, dann sagen Ihre Augen doch immer die Wahrheit.«

Anthea sah ihn erstaunt an, und er fuhr fort: »Wir

werden Ihren Bruder sofort benachrichtigen und ihn bitten, mit Charles Torrington zu mir zu kommen. Wenn Sie hier sind, erzähle ich ihnen, wie mutig und beherzt Sie waren, und wie dankbar ich Ihnen bin, daß ich noch lebe.«

»Harry wird zornig werden…« begann Anthea.

»Nicht, wenn ich so klug vorgehe, wie ich es vorhabe«, unterbrach sie der Marquis. »Und nun gehen Sie in das Boudoir und spielen Sie etwas für mich auf dem Klavier. Ich weiß, es wird Ihre Sorgen vertreiben und Ihnen die Gewißheit geben, daß Sie mir vertrauen können.«

Anthea holte tief Luft.

»Glauben Sie wirklich… daß alles gutgehen wird?«

»Ich bin überzeugt davon«, antwortete der Marquis. »Bitte tun Sie, was ich sage, und denken Sie daran, daß ich Ihr Patient bin, den man nicht aufregen und mit dem man nicht streiten darf.«

Er wollte sie aufheitern und deshalb versuchte sie zu lächeln. Dabei liefen ihr die Tränen die Wangen hinab.

Der Marquis zog ein weißes Taschentuch, das nach Eau de Cologne duftete, aus der Tasche seines Hausmantels. Er beugte sich zu Anthea herunter und wischte ihr die Tränen ab.

Sie war nicht erstaunt darüber, ganz im Gegenteil, es schien völlig normal zu sein. In diesem Augenblick wollte sie noch nicht einmal Klavier spielen, sondern bei ihm bleiben und glücklich darüber sein, daß er nun die Initiative übernommen hatte und sie sich keine Sorgen mehr zu machen brauchte.

Sie sagte sich, daß es keine Rolle spielte, ob ihr Ruf ruiniert war oder nicht. Andererseits würde Harry weiterhin White's besuchen wollen, wenn er die Zeit und die Mittel dazu besaß. Er würde es niemals hinnehmen, daß seine

Schwester verhöhnt worden war.

Aber wie konnte der Marquis den Schaden wieder gutmachen, fragte sie sich. Und als ob sie diese Frage laut gestellt hätte oder der Marquis ihre Gedanken lesen konnte, sagte er:

»Wie wäre es, wenn Sie mir vertrauen, Anthea? Wir beide haben gemeinsam so Außergewöhnliches erlebt. Sie sollten mir glauben, daß unsere Probleme nicht unlösbar sind. Wir werden sie gemeinsam bewältigen, und das Ergebnis wird Sie sehr glücklich machen. Bitte, glauben Sie mir.«

»Ich würde Ihnen gern... glauben, aber es ist so... schwer«, antwortete Anthea.

»Nun, tun Sie, worum ich Sie bat. Gehen Sie ins Boudoir und spielen Sie für mich, wie Sie es gestern auch getan haben. Erzählen Sie mir, was Sie in den Wäldern, auf den Feldern und im Park gesehen haben, und wie wichtig ich für die Menschen bin, die auf meinem Anwesen leben, und die ich glücklich machen soll, wie Sie es sich wünschen.«

Er sprach zu ihr wie zu einem Kind. Anthea setzte sich auf die Fersen und fragte: »Sie haben alles verstanden, was ich Ihnen erzählte?«

Der Marquis lächelte.

»Ich dachte, Sie wissen bereits, daß ich verstehe, was Sie mir mit Ihrer Musik sagen wollen, und was andere Menschen in Worte fassen müssen.«

»Das konnte noch niemand außer Ihnen«, erwiderte Anthea.

»Dann bin ich also der erste. Das hatte ich mir gewünscht«, antwortete der Marquis.

Seine Worte waren doppeldeutig.

Weil Anthea seinen Wunsch erfüllen wollte, stand sie

langsam auf und blickte ihn an. Ihre Augen waren sehr groß in ihrem kleinen Gesicht, und ihre Wimpern waren noch naß von den Tränen.

»Es wird alles gut werden«, sagte der Marquis ruhig.

»Aber... ich fürchte mich so sehr. Ich habe Angst, daß Harry... zornig werden könnte und etwas Törichtes anstellt... vielleicht Lord Templeton nach Frankreich folgt oder wo immer er hingegangen sein mag... und Harry ihn... herausfordert.«

»Wenn jemand sich mit Templeton auseinandersetzt, dann bin ich es«, sagte der Marquis. »Aber ehrlich gesagt, er ist diese Mühe oder gar eine Kugel nicht wert.«

Die Art, wie er darüber sprach, sagte ihr, daß er über Lord Templetons Benehmen verärgert war und auch darüber, daß ihr Name in der Öffentlichkeit verunglimpft worden war.

Da sie zur Lösung der Schwierigkeiten nichts mehr beitragen konnte, sagte sie einfach:

»Haben Sie vielen Dank... Ich hoffe, es wird alles gutgehen.«

»Das wird es«, erwiderte der Marquis zuversichtlich.

Während er sprach, betätigte er eine kleine goldene Glocke, die auf dem Tisch neben seinem Armsessel stand. Als Haynes das Zimmer betrat, sagte der Marquis:

»Schicke bitte sofort jemand hinüber ins Dower House. Mr. Dalton und Major Torrington möchten bitte sofort zu mir herüberkommen. Ich muß mit ihnen sprechen.«

»In Ordnung, M'Lord«, erwiderte Haynes.

»Aber Sie wissen auch, daß Dr. Groves Ihnen für heute Ruhe verschrieben hat. Sie sollten keine Besuche empfangen.«

Anthea ging durch das Zimmer zum Boudoir. Als sie die Tür erreichte, drehte sie sich um und sagte:

»Wenn es zu anstrengend für Sie wird, verschieben wir alles auf morgen.«

»Es ist keineswegs anstrengend«, antwortete der Marquis. »Aber ich denke, ich sollte mir eine stärkere Medizin verordnen.«

Anthea erschrak.

»Es war sehr selbstsüchtig von mir, nur an mich zu denken«, sagte sie verlegen. »Es ist höchste Zeit, daß Sie Ihre Kräutermedizin einnehmen.«

»Sie haben ganz recht, Miss Anthea«, stimmte ihr Haynes zu. »Seine Lordschaft hätte das Medikament schon vor einer Viertelstunde einnehmen sollen. Ich habe es bereitgestellt.«

»Das magische Gebräu war sehr hilfreich und hat mich von dem lästigen Fieber befreit«, sagte der Marquis. »Aber wenn Sie meinen Auftrag ausgeführt haben, Haynes, bringen Sie mir doch bitte Champagner.«

»In Ordnung, M'Lord.«

Haynes verschwand im Korridor, aber Anthea blieb an der Tür stehen.

»Es täte mir wirklich leid, wenn mein Besuch Sie angestrengt haben sollte«, sagte Anthea.

»Sie sind sehr besorgt um mich.«

»Ja, das bin ich«, antwortete Anthea. »Nachdem ich Sie zweimal vor Lord Templeton gerettet habe, möchte ich nicht, daß Sie sich wegen etwas völlig Unbedeutendem überanstrengen.«

»Ich glaube nicht, daß etwas für mich unbedeutend ist, wenn es Sie betrifft, Anthea. Und wenn es dazu noch uns beide betrifft, dann ist es äußerst wichtig für mich.«

Sie lächelte ihn an und sagte: »Ich will Ihnen mit meiner Musik danken, das fällt mir wesentlich leichter.«

Sie ging in das Boudoir und setzte sich an den Flügel.

Aber weil sie sich immer noch vor Harrys Zorn fürchtete, war ihre Musik schwermütig und traurig.

Dann sagte sie sich, daß sie an den Marquis denken sollte. Er hatte sie gebeten, so zu spielen, wie sie es am Tag zuvor getan hatte. Weil sie ihm vertraute und davon überzeugt war, daß er ihr helfen würde, wie er es versprochen hatte, wollte sie ihm seinen Wunsch erfüllen.

Als sie an ihn dachte, spielte sie die Melodien, in denen sie ihren Dank ausdrücken konnte, und sie wußte, er würde sie verstehen.

Wenn er nicht dawäre, würde ich mich zu Tode fürchten, dachte sie. Aber weil er bei ihr war und es ihm wesentlich besser ging, als sie es gehofft hatte, glaubte sie, das ganze Zimmer wäre plötzlich voller Sonnenschein.

Ihre Musik wurde zu einem Gebet, das zum Himmel aufstieg und die göttliche Gnade erflehte und alles Häßliche und Böse verdrängte.

7. Kapitel

Anthea spielte so lange, bis sie die Stimmen ihres Bruders und seines Freundes im Nebenzimmer hörte, als sie den Marquis begrüßten. Sie wartete, bis Haynes die Stühle für sie gebracht hatte, auf denen sie gegenüber dem Marquis Platz nahmen.

Sie brach ihr Spiel ab, als sie den Marquis zu Haynes sagen hörte: »Bitten Sie Miss Brooke, uns Gesellschaft zu leisten.«

Anthea war unbehaglich zumute, als sie Harrys finstere Miene sah. Sie wagte es nicht, ihren Bruder anzusehen. Ihr Herz schlug wie wild, als sie sich neben ihn auf einen Stuhl setzte.

»Ich bat Sie zu mir, weil ich Sie über die mutige Tat Ihrer Schwester informieren möchte«, sagte der Marquis und sprach Harry direkt an. »Sie hat mein Leben gerettet.«

Harry schwieg, und der Marquis fuhr fort:

»Nachdem sie Samstag nacht als Miss Anthea Meldosio Klavier gespielt hat, hörte sie zufällig, wie einer meiner Gäste, es war Lord Templeton, einer jungen Frau namens Milly auftrug, mich im Schlaf zu erstechen.«

»Guter Gott!« stöhnte Charlie.

Der Marquis sprach weiter: »Ihre Schwester teilte mir rechtzeitig mit, was sie zufällig mit angehört hatte. Ich konnte es anfangs nicht glauben. Aber dann rief ich mir in Erinnerung, daß Templeton hoch verschuldet war und er sich nur dadurch vor dem Gefängnis retten konnte, wenn mein Pferd nicht am Derby teilnahm, was bei meinem Ableben der Fall gewesen wäre.

Weil Ihre Schwester so energisch darauf beharrte, daß mir Gefahr drohte, schloß ich meine Zimmertür ab, als ich zu Bett ging. In der Tat versuchte jemand in der Nacht mein Zimmer zu betreten.«

»Das klingt unglaublich!« sagte Harry.

»Das dachte ich auch«, erwiderte der Marquis. »Aber wie ich schon sagte, Ihre Schwester war sehr mutig. Sie rettete mein Leben, und ich bin ihr sehr dankbar dafür.«

»Sie hätte mir erzählen sollen, was vorgefallen war.«

Harry blickte seine Schwester vorwurfsvoll an.

Da sie ihm nicht in die Augen sehen konnte, sah sie zum Fenster hinaus, als ob sie draußen Trost finden würde.

»Ich bin sicher, Miss Meldosio hätte dies getan, wenn ich ihr nicht das Versprechen abgenommen hätte, über den Vorfall zu schweigen«, sagte der Marquis und betonte ihren Namen.

Er hielt kurz inne und fuhr dann fort: »Ich hätte mich bei meinen Gästen in große Schwierigkeiten gebracht, wenn es sich als ein Produkt ihrer Einbildungskraft herausgestellt hätte.«

Harry nickte, und der Marquis sprach weiter: »Wie Sie sich vermutlich erinnern, wollte ich am Montag Miss Anthea Meldosio meine Dankbarkeit ausdrücken. Ich trug Ihnen auf, ihr den Flügel schicken zu lassen, auf dem sie am Samstag gespielt hatte.«

Harry runzelte die Stirn. Anthea wußte, daß er sich ärgerte, weil man ihn nicht informiert hatte.

»Leider erkrankte ich am gleichen Tag, und Dr. Groves erklärte mir, daß die Kräuter Ihrer Frau Mutter wesentlich wirkungsvoller waren, als die Medizin, die er gewöhnlich verschreibt. Er wollte deshalb Miss Anthea Brookes bitten, das Medikament für mich herzustellen.«

»Und so haben Sie herausgefunden, wer Anthea wirklich ist«, sagte Harry.

Der Marquis erwiderte lächelnd: »Ich muß gestehen, ich hatte von Anfang an den Verdacht, daß Sie kein gewöhnlicher Verwalter sind. Aber um beim Thema zu bleiben: Bald nachdem ich die Kräutermedizin eingenommen hatte, ging mein Fieber zurück, und Haynes sagte mir, Miss Anthea Brooke würde mir am Dienstag weitere Medikamente bringen.«

Harry blickte Anthea tadelnd an, als wollte er sie fragen, warum sie ihm auch davon nichts erzählt hatte, aber er schwieg, und der Marquis fuhr fort:

»Als Ihre Schwester am Montag herüberkam und sich bei Haynes nach meinem Befinden erkundigen wollte, sah sie einen Phaeton mit zwei Pferden vor meinem Haus stehen. Er weckte ihre Neugier. Als ein Diener sie in die Bibliothek führte, fragte sie ihn, wer zu Besuch gekommen war, denn sie wußte, daß Dr. Groves mir strikte Bettruhe verordnet hatte.

Der Diener sagte ihr, es sei Lord Templeton. Da sie um mein Leben fürchtete, lief sie auf die andere Seite der Bibliothek zum Kamin, griff nach einer dort liegenden Pistole und kam über die geheime Stufenleiter in mein Zimmer. Ich hatte keine Ahnung von den Geheimgängen.«

Seine Stimme klang ein wenig mißbilligend. Er wollte kundtun, daß man ihn darüber hätte informieren sollen, nachdem er der neue Besitzer von Queen's Hoo geworden war.

Seine Stimme wurde wieder freundlicher, als er sagte: »Ihre Schwester, Colnbrooke, öffnete die Geheimtür einen Spalt und sah mich schlafend im Bett liegen. Templeton hielt direkt über meinem Gesicht ein Kopfkissen, mit dem er mich ersticken wollte.«

»Das ist unglaublich!« keuchte Harry.

»Ihre Schwester schrie ihn an, und ihre Stimme weckte mich. Im gleichen Augenblick betrat Haynes mein Schlafzimmer mit der Medizin, die er unten in der Bibliothek gefunden hatte.

Ich war sehr schwach und brauchte meine ganze Kraft, um das Kissen über meinem Gesicht wegzuschieben. Und dann beschuldigte ich Templeton, ein zweites Mal versucht zu haben, mich zu ermorden.

Ich sagte ihm, daß ich ihn als Mörder vor Gericht bringen lasse, und er ins Gefängnis kommt, wenn er nicht binnen vierundzwanzig Stunden England verlassen hat.«

»So hat es sich also abgespielt«, murmelte Harry. »Aber Anthea... Anthea...«

»Ihre Schwester war dabei, als Templeton sagte, daß niemand mir diese Geschichte glauben würde. Als ich daraufhin erwiderte, es gäbe zwei Zeugen dafür, schrie er, daß kein Gericht den Aussagen eines Dienstboten und einer Dirne Glauben schenken würde. Da nannte Ihre Schwester Ihren Namen, und Templeton wußte, daß er verloren hatte.«

»Das ist die schändlichste Geschichte, die ich je gehört habe!« rief Harry. »Der Mann muß wahnsinnig sein!«

»Das dachte ich auch«, sagte der Marquis. »Ich bin sehr dankbar dafür, daß ich noch am Leben bin.«

Erregt sagte Harry: »Er hat meine Schwester in Verruf gebracht! Ich werde diesem Schuft nach Frankreich, oder wo immer er ist, folgen und ihn töten! Und wenn dies das letzte ist, was ich tun muß!«

Harry war so aufgeregt, daß Anthea ärgerlich in die

Hände klatschte. Sie drehte sich zu ihm um und wollte protestieren.

Der Marquis sagte rasch: »Ich glaube, das wäre ein großer Fehler, Colnbrooke. Ich werde dafür sorgen, daß Templeton niemals mehr nach England zurückkehren kann. Ich werde dem Magistrat alle nötigen Informationen geben, so daß ein Haftbefehl gegen Templeton ausgestellt wird. Ich werde außerdem dafür sorgen, daß der Ruf Ihrer Schwester wieder hergestellt wird und nicht leidet.«

»Wie wollen Sie das erreichen?« fragte Harry barsch.

Der Marquis lehnte sich in seinem Sessel zurück und schloß die Augen.

»Ich habe eine gute Antwort auf Ihre Frage«, erwiderte er. »Aber im Augenblick bin ich ein wenig erschöpft. Würde es Ihnen etwas ausmachen, wenn wir morgen darüber sprechen?«

Anthea stand sofort auf.

»Sie haben sich überanstrengt«, sagte sie besorgt. »Mama war immer der Meinung, daß man sich nach einer Grippe mindestens vierundzwanzig Stunden schonen soll, wenn das Fieber heruntergegangen ist.«

Sie wandte sich an ihren Bruder: »Harry, bitte laß uns nach Hause gehen. Du siehst doch, daß es für Seine Lordschaft zu anstrengend war.«

Harry bemerkte, daß der Marquis mitgenommen aussah. Zögernd stand er auf.

»Ich danke Ihnen, Mylord«, sagte er. »Und ich bin Ihnen auch für Ihre Erklärung dankbar. Hoffentlich können wir den Schaden, den Lord Templeton meiner Schwester zugefügt hat, wieder beheben.«

Der Marquis antwortete nicht. Als hätte Haynes an der Tür gelauscht, kam er in das Zimmer geeilt.

»Ich muß Seine Lordschaft sofort ins Bett bringen«, sagte er. »Seine Lordschaft braucht dringend Ruhe. Dieses ganze Gerede tut keinem Kranken gut.«

Niemand wagte, etwas dagegen einzuwenden.

Als Anthea ihrem Bruder und Charlie zur Tür folgte, lächelte sie im Vorbeigehen Haynes an. Sie hätte ihn gern gefragt, ob er auch diese Nacht bei dem Marquis Wache halten wollte. Dann sagte sie sich, daß es die Dinge zwischen ihr und Harry nur noch verschlimmern würde.

Schweigend gingen sie den Korridor entlang und dann durch die Eingangshalle zur Haustür. Draußen wartete eine Kutsche des Marquis auf sie, um sie zum Dower House zurückzufahren.

Sie stiegen ein. Harry und Anthea setzten sich nebeneinander, während Charlie ihnen gegenüber Platz nahm.

Erst als die Kutsche abfuhr, sagte Charlie: »Ich glaube, ich träume. Was wir gehört haben, kommt mir so unwirklich vor wie ein Roman.«

»Es tut mir leid, daß ich dir Kummer bereitet habe, Harry«, sagte Anthea schüchtern. »Aber ich mußte Seiner Lordschaft versprechen, niemandem etwas davon zu erzählen, was geschehen war.«

»Natürlich mußtest du tun, worum er dich bat«, erwiderte Harry. »Aber die ganze Geschichte ist äußerst unerfreulich, und ich hätte niemals gedacht, daß sich so etwas in Queen's Hoo abspielen würde.«

»Du mußt zugeben, Harry, Anthea hat sehr mutig und besonnen gehandelt«, warf Charlie ein. »Wenn sie dem Marquis nicht das Leben gerettet hätte, und dies gleich zweimal, wie er sagte, dann müßtest du dich jetzt nach einem anderen Posten umsehen.«

Die überraschte Miene ihres Bruders sagte Anthea, daß

ihm dieser Gedanke bis jetzt noch nicht gekommen war. Nach einem Augenblick sagte er:

»Das war sehr geistesgegenwärtig von dir, sofort an die Geheimtreppe zu denken und sie auch zu benützen.«

»Ich mußte rasch handeln«, erwiderte Anthea leise.

Sie sagte nichts mehr, bis sie Dower House erreichten. Dort lief sie die Treppe hinauf und verschloß die Tür ihres Zimmers hinter sich.

Sie warf sich auf ihr Bett und brach in Tränen aus. Sie wußte nicht, warum sie weinte. Es gab keinen triftigen Grund dafür.

Selbstverständlich war Harry darüber verärgert, was vorgefallen war. Und sie war weder so dumm noch so naiv, um nicht zu wissen, daß die Gesellschaft der Meinung sein würde, sie habe sich unanständig benommen.

Sie hatte nicht bedacht, daß dies das Resultat sein würde. Harry war nun durch das Gerede über sie vor seinen Freunden blamiert.

Anthea weinte noch lange.

Als Nanny heraufkam und an die Tür klopfte, um zu hören, ob sie etwas für sie tun konnte, antwortete sie nicht, sondern gab vor, zu schlafen.

Sie schlummerte tatsächlich am Nachmittag ein wenig.

Als es Zeit zum Dinner war, sagte sie sich, daß sie weder Harry noch Charlie gegenübertreten konnte. Sie würden sie mit Fragen überschütten, und sie würde sich vielleicht versprechen und dadurch verraten, daß sie den Marquis mehr als einmal gesprochen hatte.

Nanny brachte ihr auf einem Tablett etwas zum Essen herauf.

Als Harry später in ihr Zimmer kam, um ihr eine gute Nacht zu wünschen, war es schon dunkel, und er ging auf Zehenspitzen wieder hinaus, ohne etwas zu sagen.

Anthea lag noch lange wach. Was auch immer vorgefallen war, dachte sie, der Marquis war nun in Sicherheit, und es wäre fraglich, ob sie ihn bald wiedersehen würde.

Als Anthea am nächsten Morgen zum Frühstück hinunterging, hatten Harry und Charlie das Haus bereits verlassen. Es war der Tag, an dem das Derby stattfinden sollte.

»Ich habe noch niemals ein solches Durcheinander erlebt«, beschwerte sich Nanny, als Anthea in die Küche kam.

»Was ist geschehen, Nanny?« fragte Anthea besorgt.

»Heute früh kam ein Diener von Queen's Hoo herüber. Seine Lordschaft ließ Master Harry ausrichten, daß er und Major Torrington an seiner Stelle zum Derby fahren sollen. Der Diener sagte, Seine Lordschaft fühle sich nicht wohl. Wenn sie zurückkommen, sollen sie ihm berichten, wie sein Pferd gelaufen ist.«

»Harry und Charlie sind zum Derby gefahren!« rief Anthea erstaunt. Das hatte sie nicht erwartet.

»Sie rasten davon, als ob sie selbst an dem Rennen teilnehmen würden«, berichtete Nanny. »Seine Lordschaft schickte ihnen für die Fahrt einen seiner Phaetons herüber. Ihr Bruder sprang wie ein kleiner Junge vor Freude im Zimmer herum.«

Nannys Stimme klang mürrisch, aber Anthea sah an ihrem Gesichtsausdruck, daß sie stolz auf Harry war, weil er standesgemäß zum Rennen fahren durfte.

Als Anthea sich im Eßzimmer an den Tisch setzte und ihr Ei aß, das Nanny ihr kurz vorher gebracht hatte, sagte sie sich, daß Harrys Ärger jetzt rasch verfliegen würde.

Es war sehr klug vom Marquis, daß er sich etwas hatte einfallen lassen, was Harry von Lord Templeton und dem Gerede im White's Club ablenken und auf andere Gedanken bringen würde.

Was auch immer geschah, Harry würde sich nicht mehr mit ihm duellieren, wie sie es noch letzte Nacht befürchtet hatte. Sie war überzeugt davon, daß Harry kein so guter Schütze wie Lord Templeton war. Wie viele Männer seiner Generation hatte er sich schon mehrere Male duelliert. Er hätte Harry verwunden oder gar töten können.

Als sie daran dachte, verging ihr der Appetit, und sie brachte keinen Bissen mehr herunter. Sie ging in den Salon und überlegte, ob sie sich nun, da Harry nicht in der Nähe war, in Queen's Hoo nach dem Befinden des Marquis erkundigen sollte.

Sie hätte ihn auch gern gesprochen und ihn gebeten, ihr seine Antwort auf Harrys Frage zu verraten, wie er es versprochen hatte.

Doch dann beschloß sie zu warten, bis Harry wieder zu Hause war. Sie bezweifelte, ob der Marquis es verhindern konnte, daß die Clubmitglieder bei White's und alle anderen, die Lord Templetons Verleumdungen gehört hatten, weiter darüber redeten.

Ihr Gesicht brannte vor Scham darüber, daß man auf die gleiche Art und Weise über sie reden könnte wie über Milly oder die Frauen, die am Wochenende die Gäste des Marquis gewesen waren und über die Nanny voller Verachtung sprach. Der Gedanke regte Anthea derartig auf, daß sie sich an den Flügel setzte und sich durch die Musik zu beruhigen versuchte.

Sie hatte schon eine ganze Weile gespielt, als die Tür aufging und zu ihrer Überraschung der Marquis in den Salon trat.

Als sie ein Stück nach dem anderen gespielt hatte, war

sie in Gedanken bei ihm gewesen und hatte ihn vor sich gesehen, wie er am Fenster seines Schlafzimmers saß.

Nun stand er vor ihr und sah auf seine unnachahmliche Weise überwältigend aus. Er war makellos gekleidet, seine blütenweiße Krawatte modisch gebunden, seine Stiefel waren auf Hochglanz poliert. Kaum zu glauben, daß es der gleiche Mann war, den sie tags zuvor noch so fürsorglich gepflegt hatte, als er schwach und mit Fieber im Bett gelegen hatte.

Anthea stand auf und sagte: »Sie sollten das Haus noch nicht verlassen... Wie fühlen Sie sich? Wie geht es Ihnen?«

»Mir geht es gut«, antwortete der Marquis. »Sie haben vermutlich schon gehört, daß ich Ihren Bruder und Major Torrington zum Rennen geschickt habe. Nun können wir ungestört miteinander reden.«

»Ich wußte nicht, daß dies der Grund dafür war. Aber das Derby wird Harry auf andere Gedanken bringen und ihn ablenken. Es war sehr... klug von Ihnen.«

»Nun müssen wir geschickt vorgehen und Templeton daran hindern, Ihnen noch weiteren Schaden zuzufügen und sich wie ein Schuft zu benehmen.«

»Glauben Sie, das wird uns gelingen?« fragte Anthea ängstlich. »Ich denke dabei nicht so sehr an mich, denn ich werde niemals in London leben... Aber es könnte Harry sehr schaden.«

»Das ist richtig«, antwortete der Marquis. »Deshalb bin ich jetzt zu Ihnen gekommen. Ich möchte Sie fragen, ob Sie mir die Ehre erweisen und meine Frau werden wollen.«

Er hatte sehr ruhig gesprochen. Anthea dachte einen Augenblick, sie habe ihn vielleicht mißverstanden oder sich verhört. Ihre Augen schienen ihr ganzes Gesicht auszufüllen, als sie kaum hörbar flüsterte:

»Haben Sie mich gefragt... ob ich Sie... heiraten will?«

»Ja, Anthea. Bitte heiraten Sie mich. Und denken Sie auch daran, daß niemand die häßlichen Verleumdungen Templetons länger glauben würde, wenn Sie meine Frau sind. Vergessen Sie auch nicht, daß Sie mir das Leben gerettet haben.«

Es herrschte Schweigen.

Nach einer Weile sagte der Marquis:

»Bitte heiraten Sie mich, Anthea.«

Sie sah ihn an. Dann drehte sie sich um und ging zum Fenster. Mit kaum hörbarer Stimme sagte sie:

»Nein, nein... auf keinen Fall.«

»Warum nicht?« fragte er.

»Es besteht kein Grund, mich zu heiraten... Ich würde unter diesen Umständen... niemals heiraten.«

»Angenommen...« begann der Marquis und unterbrach sich.

»Schauen Sie mich an, Anthea«, sagte er nach einer Weile in einem völlig veränderten Tonfall. »Ich weiß genau, was Sie denken. Deshalb werde ich Ihnen meinen Standpunkt auf eine Weise erklären, die Sie verstehen.«

Während er sprach, schob er einen Stuhl zum Flügel und sagte: »Bitte setzen Sie sich!«

Es war fast ein Befehl. Weil Anthea so überrascht war, nahm sie Platz. Der Marquis setzte sich auf den Klavierhocker, blickte auf die Tasten und sagte:

»So wie Sie durch Ihre Musik zu mir gesprochen haben, Anthea, werde ich nun Ihnen alles über mich erzählen. Meine Geschichte beginnt, als ich acht Jahre alt war.«

Seine Finger glitten über die Tasten, und seine Musik erzählte ihr von Glück und Freude und einem kleinen Jungen, der geliebt wurde und selbst liebte. Er lebte wie

Anthea in einer Welt, die mit Feen, Blumen und Tieren angefüllt war.

Als er älter wurde, verwandelte er sich in einen Ritter, der mit Hingabe große Heldentaten vollbrachte und alle beschützte, die er liebte. Seine Musik drückte Galanterie und Mut aus.

Er war damals sehr romantisch gewesen und hatte alle Frauen für schön und tugendsam gehalten. Er hatte sie verehrt, so wie er seine Mutter verehrt hatte.

Als er erwachsen war und sich verliebte, schenkte er einer schönen Frau sein Herz. Liebe bedeutete für ihn Verzauberung, Glück, Seligkeit und Vollkommenheit. Seine Musik erzählte Anthea, daß er für sie komponierte und Gedichte vertonte.

Plötzlich vertrieb eine dunkle Wolke den Sonnenschein. Ernüchterung trat ein. Die Frau, die er liebte, verlachte und verspottete ihn, und die Welt, ihre Welt, verhöhnte ihn mit ihr.

Er war so verzweifelt, und seine Leiden waren so groß, daß Anthea Tränen in die Augen traten und sie zu weinen begann.

Es war unfaßbar, daß ein junger Mann so grausam verspottet, gedemütigt und lächerlich gemacht wurde.

Als seine Verzweiflung am größten war, gewann sein Stolz die Oberhand, ein Stolz, der ihm sagte, daß er nicht besiegt und unterworfen werden würde.

Er erhob sich wie Phoenix aus der Asche. Sein Stolz gab ihm die Kraft zurückzuschlagen, sich zu wehren, den Spott zu ignorieren und mit Willenskraft jene zu besiegen, die ihn so sehr verletzt hatten.

Der Marquis spielte weiter.

Anthea hörte, wie er sich veränderte und mit der Zeit härter und zynischer wurde. Alles Geistige, was ihm in seiner Jugend so wichtig gewesen war, wurde nun durch körperliche Betätigung und materielle Dinge verdrängt.

Wenn er vorher sinnbildlich einen glänzenden, silbernen Harnisch getragen hatte und sich für jene einsetzte, die in Not waren, so trug er nun einen Schutzschild, um sich selbst vor den Nadelstichen und Hieben jener zu schützen, die ihn verletzen wollten. Es war aber auch ein Schutzschild, der ihn von allem Liebevollen, Gütigen und Zärtlichen abschirmte.

Wenn er damals verletzt worden war, so verletzte er jetzt andere auf die gleiche Art und Weise, in der er erniedrigt und gedemütigt worden war.

Es war der Weg eines Eroberers, der auf die Leiden anderer keine Rücksicht nahm, der seine Feinde zertrat und sich um seine Freunde nicht kümmerte.

Anthea hörte die Grausamkeit. Sie preßte so fest ihre Hände zusammen, daß ihre Knöchel weiß wurden. Sie schloß die Augen und sah den Marquis so, wie sie ihn beim ersten Mal gesehen hatte: dominierend, herausragend, überwältigend und großartig, ein Mann, den viele fürchteten.

Plötzlich hörte sie die gleichen Klänge, die gleiche Musik, die er gespielt hatte, als er noch sehr jung gewesen war, zärtlich und liebevoll.

Sie vermischte sich mit denselben Melodien, die sie gespielt hatte, als sie ihm erzählte, was draußen im Sonnenschein auf ihn wartete.

Er spielte ihre Interpretation. Sie hörte den Gesang der Vögel, und er sprach über die Flüsse und Blumen wie davon, wie sehr er gebraucht wurde, und wieviel er für jene tun konnte, die seine Hilfe benötigten.

Und dann erzählte er ihr glückstrahlend und wie verzaubert, wieviel sie ihm bedeutete. Er sagte ihr, wie sie die Qualen der Vergangenheit vertrieben hatte, die Enttäuschungen, den Zynismus, die Demütigung und die Verzweiflung.

Statt dessen hatte sie ihm das Licht der Sterne und des Mondes geschenkt. Sie trug Blumen in ihren Armen und war wie der Sonnenschein. Ihr Herz und ihre Seele verstanden ihn, und sie fühlte sich zu ihm hingezogen.

Plötzlich endete seine Musik. Er nahm die Hände von den Tasten und stand auf.

Instinktiv stand auch Anthea auf.

Sie blickten sich schweigend in die Augen. Dann streckte er seine Arme nach ihr aus.

Später wußte Anthea nicht mehr, ob er sich bewegt hatte oder ob sie auf ihn zugelaufen war.

Sie spürte nur noch seine Arme. Und seine Lippen hielten die ihren gefangen. Sie hatte sich so sehr danach gesehnt, aber gefürchtet, sie würde es nie wieder erleben.

Er hielt sie fest. Sein Kuß wurde beharrlich, fordernd. Sie waren nicht mehr zwei Menschen, sondern verschmolzen zu einem. Er küßte sie, bis sich alles um sie drehte. Sie waren frei und flogen hoch in den Himmel zur Sonne hinauf.

Als die Gefühle, die der Marquis in ihr weckte, und das Wunder seiner Küsse sie zu überwältigen drohten, lehnte Anthea ihren Kopf an seine Schulter.

»Mein Schatz, mein Liebling«, sagte der Marquis. »Ich wußte, du würdest mich verstehen.«

»Ich dachte nicht… ich hatte keine Ahnung, daß du so gut Klavier spielen kannst«, murmelte Anthea.

»Ich habe bisher keinem Menschen erlaubt, mich spielen zu hören«, sagte er. »Meine Musik hätte mich verraten. Sie ist zu intim für andere, aber nicht für dich, mein Liebling.«

Er zog sie fester an sich und sagte: »Als ich dich am Samstag oben auf der Galerie spielen hörte, dachte ich, ich träume. Bisher hatte mich keine Musik so angerührt wie die deine und so eindringlich zu mir gesprochen. Ich habe deine Gefühle und deine Gedanken verstanden, die du in deine Musik übertragen hast.«

Er küßte zärtlich ihre Stirn, ehe er sagte: »Als ich dich dann sah, erschrak ich.«

»Warum?« fragte Anthea.

»Weil ich dachte, du seist die Tochter eines Konzertpianisten, für die du dich ausgegeben hattest, mein Liebling. Ich hätte dich nicht zur Frau nehmen können, wie ich es wünschte.«

»Das verstehe ich nicht...«

Der Marquis lächelte und sagte:

»Das mußt du auch nicht verstehen. Wichtig ist, daß wir nun so schnell wie möglich heiraten, meine süße kleine Liebe, und dies nicht nur, um Harry davon abzuhalten, Templeton in die Schranken zu weisen, sondern ausschließlich deshalb, weil ich dich liebe und es nicht länger ertragen könnte, auch nur einen Tag oder eine Stunde von dir getrennt zu sein.«

Seine Stimme wurde tiefer, als er hinzufügte: »Du gehörst mir, Anthea. Mein Leben lang habe ich nach dir gesucht. Ich habe gefürchtet, daß ich dich niemals finden würde. Aber jetzt bist du bei mir.«

»Du bist so großartig, so angesehen... Ich habe Angst, deine Frau zu werden... weil ich Fehler machen und dich... blamieren könnte.«

»Glaubst du das wirklich?« fragte der Marquis. »Wir können unsere Gedanken lesen, und du kannst mir mit deiner Musik sagen, was in deinem Herzen und in deiner Seele vorgeht. Und ich kann für dich das gleiche tun.«

Als er die Antwort in ihren Augen sah, rief er: »Wie könnten wir einander streiten, mein Liebling. Wir beide sind ein Herz und eine Seele, wie wir es immer waren und immer sein werden.«

»Ich liebe dich… Ich liebe dich!« flüsterte Anthea. »Ich habe dich vom ersten Augenblick an geliebt, obwohl ich es nicht wußte. Du warst so freundlich… so verständnisvoll. Niemals hätte ich es für möglich gehalten, daß irgend jemand auf der Welt verstehen würde, was ich mit meiner Musik sagen will.«

»Ich verstehe nicht nur deine Musik. Ich verstehe deine Seele, dein Herz, deine Gedanken und deine Gefühle. Sie gehören mir, mir ganz allein. Niemand darf sie mir wegnehmen.«

Er küßte sie, und jetzt waren seine Küsse leidenschaftlich, besitzergreifend, fordernd, als fürchte er, er könne sie verlieren.

Reis und Rosenblätter fielen auf den Marquis und die Marchioness of Eaglescliff, als sie die Stufen von Carlton House hinuntergingen und in ihren blumengeschmückten Phaeton stiegen, der auf sie wartete.

Eine Menschenmenge jubelte ihnen begeistert zu. Sie riefen: »Viel Glück, Adler! Der Gewinner! Adler! Adler!«

Der Marquis winkte ihnen freundlich zu. Dann nahm er die Zügel seiner herrlichen schwarzen Pferde in die Hand und fuhr davon.

Wieder wurden Rosenblätter geworfen, als sie die Pall Mall entlangfuhren, und Glückwünsche gerufen:

»Viel Glück und ein langes Leben! Gott beschütze Sie!«

Der Diener auf dem kleinen Rücksitz hinter ihnen strahlte vor Freude. Erst als sie die Zuschauer hinter sich gelassen hatten, fragte Anthea:

»Müssen wir weit fahren? Du hast mir noch nicht verraten, wo wir unsere Flitterwochen verbringen wollen.«

»Das soll auch eine Überraschung für dich sein, mein Liebling«, antwortete der Marquis. »Niemand hatte jemals eine schönere Braut für die Flitterwochen, die unser ganzes Leben lang andauern sollen.«

Anthea lächelte ihn glücklich an, und sie sah zauberhaft dabei aus. Sein Blick ruhte einen Moment auf ihrem Gesicht, ehe er seine Aufmerksamkeit wieder den Pferden zuwandte.

Anthea rückte näher an den Marquis heran und legte eine Hand auf seine Knie, als wolle sie sich vergewissern, daß er wirklich neben ihr saß. Sie wollte sich überzeugen, daß sie nicht träumte, denn sie hatten in aller Eile geheiratet.

Der Marquis hatte alles bis ins letzte Detail organisiert. Ihm gelang es auch, Harry von dieser überstürzten Hochzeit mit dem Argument zu überzeugen, daß dadurch alle häßlichen Verleumdungen, die über sie im Umlauf waren, im Keim erstickt wurden.

Niemand mehr würde ihren Ruf anzweifeln, nachdem sie nun im Haus der Großmutter des Marquis geheiratet hatten. Die Herzogin von Melchester wurde von jedermann geachtet und geschätzt. Selbst der Prinzregent hatte Respekt vor ihr, wie man sagte.

Der Prinz hatte auch darauf bestanden, Trauzeuge bei den Feierlichkeiten in der St. George's Church am Hanover Square zu sein. Und er wünschte, daß der Empfang danach in Carlton House stattfand.

»Müssen wir unbedingt so pompös heiraten?« hatte Anthea gefragt.

Und der Marquis hatte geantwortet:

»Für dich und mich ist es unwesentlich, ob wir glanzvoll heiraten oder still in der Kapelle von Queen's Hoo getraut werden, was wir beide vorziehen würden. Aber wir müssen auch an Harry denken und an deine Eltern, wie sie es sich gewünscht hätten, wenn sie noch am Leben wären. Unsere Kinder dürfen wir auch nicht vergessen, und was man ihnen später erzählen wird.«

Er liebte ihren Gesichtsausdruck und wie sie errötete, wenn er von ihren Kindern sprach. Zum wiederholten Mal sagte er sich, daß niemand so rein, so unschuldig und vollkommen war wie sie. Er hatte das Richtige getan, als er ihr zur Hochzeit ein Halsband aus diamantenen Sternen schenkte.

Als er sich in St. George's nach ihr umgedreht und sie beobachtet hatte, wie sie an Harrys Arm das Mittelschiff heraufkam, hatten ihre Augen vor Glück und Liebe heller gestrahlt als ihr Diamantkollier.

Nun fragte Anthea noch einmal: »Willst du mir wirklich nicht verraten, wohin wir fahren?«

»Ich meine, inzwischen solltest du wissen, daß es nur einen Ort gibt, der uns beide verbindet und uns so viel bedeutet, daß wir unsere Hochzeitsnacht dort verbringen wollen«, erwiderte er.

»Willst du damit sagen… wir fahren nach Queen's Hoo?«

»Selbstverständlich«, antwortete der Marquis. »Ich will dich in dem Zimmer lieben, in dem ich dich zum erstenmal geküßt habe; in dem Zimmer, in dem du zweimal wie ein Engel erschienen bist, um mein Leben zu retten; in dem Zimmer, in dem du mich gesund gepflegt hast und mir mit deiner Musik sagtest, wie sehr du mich liebst.«

»Habe ich das wirklich getan?« fragte Anthea.

»Du sagtest mir, daß du mich liebst, wie es seit dem

Tod meiner Mutter niemand mehr getan hat. Und weil ich dich genauso liebe wie du mich, wußte ich, daß wir uns niemals verlieren werden. Ich hätte jeden umgebracht, der versucht hätte, dich mir wegzunehmen.«

Er sprach sehr ruhig, aber Anthea wußte, daß er sie ebenso leidenschaftlich liebte wie sie ihn.

In der Nacht würden sie im Zimmer ihres Vaters, das ihr mehr als jeder andere Raum in Queen's Hoo bedeutete, den Himmel auf Erden finden.

Als sie ihr Dinner im verschwenderisch mit Blumen geschmückten Boudoir beendeten, sah der Marquis Anthea über den Tisch hinweg an und dachte, daß keine Frau bezaubernder war als sie.

Weil er Anthea ganz für sich allein haben wollte, waren keine Dienstboten anwesend. Er hatte sie bedient und zwischen jedem einzelnen Gang geküßt. Weder er noch sie wußten später, was sie gegessen und getrunken hatten. Es waren Nektar und Ambrosia gewesen.

»Es ist wunderbar, mit dir zusammenzusein«, sagte Anthea zärtlich.

»Ich wünschte mir, daß du das sagst«, antwortete der Marquis. »Aber ich möchte, daß du mein eigenes Haus mehr liebst als dieses hier. Deshalb werden wir nicht allzuoft in Queen's Hoo sein. Ich habe eine Idee?«

»Welche?«

»Wir fragen Harry, ob er nicht wieder in Queen's Hoo wohnen und es weiter für uns verwalten möchte. Wenn er heiratet, schenken wir es ihm zur Hochzeit.«

Einen Augenblick war Anthea sprachlos. Tränen traten ihr in die Augen, als sie sagte: »So großzügig willst du sein?«

Der Marquis stand auf und setzte sich an den Flügel.

»Ich muß dir noch etwas erzählen«, sagte er.

Dann spielte er ein Liebeslied, das ihr Herz rührte. Sie sehnte sich danach, daß seine Hände ihren Körper liebkosten, daß er sie küßte und liebte.

Das Musikstück endete in einem Crescendo. Und als wisse er, daß sie das gleiche fühlte wie er, nahm er sie in seine Arme.

Sie blickte zu ihm auf und dachte, daß er sie küssen würde, aber statt dessen trug er sie aus dem Boudoir in sein Schlafzimmer.

Es brannten keine Kerzen. Und da die Vorhänge nicht zugezogen waren, sah Anthea die Sterne am Himmel.

Der Marquis zog ihr das Negligé aus, das sie über dem durchsichtigen Nachthemd trug, und legte sie in das große Bett.

Sie schmiegte sich an ihn. Einen Augenblick hielt er sie sehr fest. Er bewegte sich nicht und sprach nicht und wartete darauf, daß sich der Vorhang hob und etwas Wunderbares geschah.

Dann sagte er zärtlich: »Ich liebe dich! Ich verehre und vergöttere dich, mein Herz, und ich möchte dich niemals verlieren.«

»Ich... ich liebe dich auch. Bitte lehre mich, dich zu lieben... Ich möchte dich niemals enttäuschen oder in irgendeiner Weise blamieren.«

»Du wirst mich weder enttäuschen noch blamieren. Du bist ich, Anthea, und ich bin du. Und nun, mein Liebling, trage ich dich in den Himmel hinauf zu den Sternen.«